100일 동안
매일

엄혜숙의 산책 일기

100일 동안 매일

글·그림 엄혜숙

이유출판

차례

Lucky

들어가는 말

2021년 2월 1일부터 100일 동안 '매일 써 보자'란 목표로 글을 썼다. 처음에는 시에 관한 글을 쓰려고 했는데, 쓰다 보니 하루하루 느끼거나 생각했던 것을 적는 일기가 되었다. 글을 모아 읽어 보니 아무런 체계도 없고 중구난방이다. 꼭 내 살아가는 모습 같다. 그냥 세상에 내놓기로 했다. 이것도 나이기 때문이다. 실제의 내 모습과 가장 가까운 글을 이 세상에 내놓는다. 독자들이 재미있게 읽었으면 좋겠다. 그나마 다행인 것은 요즘도 '매일 써 보자'를 계속하고 있다는 것이다. 나는 늘 끈기가 부족하다고 생각했는데, 끈기 있게 계속할 수 있는 방법을 터득하게 된 것 같다. 그게 내가 얻은 소소한 소득이라고 하겠다. 부족한 글을 책으로 내겠다고 말씀해 준 이민, 유정미 대표께 감사드린다. 한동안 그렸던 서툰 그림도 책에 싣게 되어 기쁘다.

2021년 11월 엄혜숙

검정 콩 푸렁 콩

001

집에 검정 콩, 푸렁 콩이 담긴 비닐봉지가 두 개 있다. 검정 콩은 크기가 작은 쥐눈이콩이고, 푸렁 콩은 겉과 속이 모두 푸른 청대콩이다. 가끔 검정 콩이나 푸렁 콩을 밥에 두어 콩밥을 지어 먹는다. 콩밥은 보기에도 좋고 맛도 좋다. 푸렁 콩은 이번에 처음 먹어 본다. 아버지가 취미삼아 콩 농사를 지었는데 식구가 다 먹기에는 좀 많다며, 편집자 L이 페북에서 검정 콩, 푸렁 콩, 누렁 콩을 판 적이 있다. 누렁 콩은 금방 다 팔려서 내가 산 것은 검정 콩과 푸렁 콩. 배달되어 온 콩을 보니 정지용의 시 한 구절이 생각났다. 다락같이 큰 말에게 검정 콩 푸렁 콩을 주겠다고 하는 시 구절 말이다.

정지용의 시를 찾아보았다. 나는 제목을 「말」이라고 알고 있었는데, 찾아보니 「말1」(『조선지광』 69호, 1927. 7)이었다. 「말1」을 보면, 화자는 말이 '다락같고, 점잖고, 슬퍼 보이고, 사람 편이고, 어디서 난 줄 모르고, 달을 보고 잔다'고 말한다. 다락은 부엌에 2층 같은 장소를 만들어 잘 쓰지 않는 물건 같은 걸 넣어 두는 곳으로, '다락같이'는 규모나 정도가 매우 큰 것을 가리켰다. '사람 편'이란 건 무슨 뜻일까. 아마도 말이 사람을 위해 일하는 것을 가리키는 것 같다. 정지용은 말을 꽤 좋아했는지, 「말2」와 「말3」이란 시도 있었다. 「말2」(『조선지광』 71호, 1927. 9)를 보면 '내 형제 말님'이라는 표현이 있다. 「말3」(『정지용시집』, 1935. 10)을 보면, 말에는 '사람스런 숨소리'가 있고, 사람인 나에게는 '말스런 숨소리'가 있다고 말한다. 그만큼 정지용에게 말은 가깝고 친근한 존재였던 것이다.

말에게 검정 콩 푸렁 콩을 주겠다는 구절에서 생각난 일이 있다. 어릴 때 집에서 소를 키운 적이 있다. 소가 새끼를 낳으면, 아버지는 쇠죽에 비지를 넣어서 끓여 주었다. 새끼를 낳아 몸이 허약해진 어미 소에게 영양분을 공급하려는 의도였을 것이다. 비지는 두부를 빼고 난 찌꺼기다. 그렇지만 사람도 먹을 수 있는 것이기 때문에 소에게 준다는 건 드문 일이었다. 그와 마찬가지로 말에게 콩을 주는 것은 그야말로 모처럼 있는 일, 참으로 드문 일이었을 것이다.

「말1」이 발표된 1927년이 정지용에게는 어떤 시기였는지 궁금했다. 『정지용 시와 산문』(깊은샘, 1987)에 실린 연보를 보니, 1927년은 정지용이 일본에서 도시샤 대학 영문과에 다닐 때다. 정지용이 말에게 슬퍼 보인다고, 먼 데 달을 보고 잔다고 한 말이 이해된다. 정지용은 가족과 떨어져 타향에서 혼자 지내던 때, 혼자 있는 말을 보며 자신과 처지가 비슷하다고 느꼈을 것이다. 그렇지만 이런 사연을 몰라도 「말1」은 읽는 재미가 쏠쏠하다. 이 시는 소리 내어 읽어야 진가가 발휘된다. '말아' 하고 네 번이나 거듭 부르고, '검정 콩 푸렁 콩' 하고 읊조리다 보면 마음에 풍금 소리가 울리는 거 같다. 시라는 게 노래를 지향하고 있다면 이 시야말로 그런 시의 하나라고 할 수 있겠다. (2021. 2. 1.)

창문

002

창문 또는 창은 '바람이나 햇빛이 들게 하고 밖을 내다볼 수 있도록 건물의 벽이나 지붕에 낸 작은 문'을 가리킨다. 요즘은 버스나 기차, 전철에도 창문이 있다. 창문이 없다면 우리는 답답하게 지내야 할 것이다. 예전에는 창이 대체로 작았다. 요즘은 기술이 발달에서 그런지 큰 창이 제법 많다. 내 책상이 놓여 있는 아파트 거실에도 커다란 유리창이 나 있다. 유리창으로 내다보이는 바깥 풍경이 싱그러운 초록 숲은 아니지만, 남쪽으로 나 있는 이 창문 덕분에 날씨를 알 수 있고, 햇빛이 잘 들어오기 때문에 겨울에도 따뜻하게 지낼 수 있다. 가끔 환기시키려고 창문을 열면 한결 기분이 좋아진다. 그뿐인가. 1층에 있는 커피집에서 커피를 볶거나 빵집에서 빵을 구울 때면 맛있는 냄새가 창문을 통해 위로 올라오기도 한다. 집 안에 있지만 창문 덕을 톡톡히 보고 있는 것이다.

어릴 때 살던 집을 떠올려 보면 창문은 작아도 중요한 역할을 했다. 환기와 채광뿐 아니라 소통의 통로이기도 했다. 창문은 안에서 바깥을 내다보거나 바깥에서 안에 있는 누군가를 부를 수 있게 했다. 안에서 바깥으로 또는 바깥에서 안으로 무엇인가 건넬 수도 있었다. 안에 있는 사람이 밖으로 나가지 않더라도 창문으로 얼굴을 보며 말도 주고받고 물건도 주고받을 수 있었다. 창문은 안에 있는 사람과 바깥에 있는 사람이 서로 소통하게 하고, 안과 바깥의 분리를 잠시나마 이어 주는 역할을 했던 것이다.

버스나 전철에서도 창문 덕분에 바깥을 내다보며 지루하지 않게 갈 수 있다. 시선이 안과 밖을 연결해 주기 때문이다. 눈을 감고 있거나 잠을 자고 있으면 바깥을 내다볼 수 없다. 안팎을 연결해 주는 시선이 사라지기 때문이다. 안에 있는 사람은 안에, 바깥에 있는 사람은 바깥에, 각각 분리되는 것이다. 황규관의 시 「바깥으로부터」를 읽었다. 이 시에서 화자는 고속 열차를 타고 있다. 고속 열차의 창문은 블라인드가 쳐져 있어서 안팎을 연결하지 않는다. 실제로도 고속 열차를 탄 사람들은 대개 창문에 블라인드를 내린 채 일을 하거나 잠을 잔다. 그러한 상황을 시인은 안에 있는 사람이 바깥을 버렸다는 말로 표현한다.

왜 이런 표현이 나왔을까. 창문은 시선을 통해 안팎을 연결한다. 그런데 블라인드를 치면 더 이상 시선은 밖으로 향하지 않는다. 그냥 내 자신에게 초점을 맞추게 된다. 시선이나마 나를 벗어나려는 시도를 하지 않는 것이다. 생존 경쟁이 심한 시대라서 그럴까. 고속 열차를 타면 너 나 할 것 없이 대개 눈을 감고 쉬곤 한다. 어쩌다 멋진 풍경이 펼쳐지면 몰라도 말이다. 몇 시간 고속 열차를 탈 때면 대부분 멍하니 시간을 보내는 것 같다.

밖을 향하는 시선, 안을 향하는 시선, 엇갈리며 서로 만나는 시선이 없다면 창문은 그저 창문에 불과할 것이다. 창문에 대해 생각하다 보니 시선의 의미에 대해서도 생각하게 된다. 어디로 시선이 향해 있을까? 바깥도 보고 안도 보는 두 겹의 시선을 지녔으면 좋겠다. 시선이 고정된다면, 삶도 정체될 테니 말이다. (2021. 2. 2.)

입춘

003

오늘이 입춘이란다. 날씨도 춥고 칙칙한데. 어딘가 봄의 씨앗이 숨어 있다는 거겠지. 12월, 1월, 2월이 겨울이라면, 3월, 4월, 5월은 봄이다. 그렇다면 겨울 속에 봄의 씨앗이 숨어 있다는 거겠지. 이러한 생각이 사람들로 하여금 힘들 때를 견디게 하고, 잘나갈 때도 스스로 삼가게 하겠지.

요새 좀 무리했는지 몸이 썩 좋지 않다. 어제 오후에 걷는데 오른쪽 대퇴골 쪽이 괜히 쑤시기 시작했다. 집에 돌아와 파스를 붙였다. 어디 다친 데도 없는데 쑤시니까 기분이 좋지 않다. 집에 오니 마침 수호자 시리즈 10권이 도착해서 다 읽고 새벽에 잠들었다. 그래서일까. 아침에 일어났는데, 여전히 피곤하다. 허리도 여전히 아프고. 그냥 오늘 하루 쉬기로 했다. 아침에 일어나 물 한잔 마시고 간단히 요기하고 또 잤다. 오후 4시가 지나자 누워 있는 것도 힘들어 일어났다.

D출판사에서 그림책의 '작가 소개'와 '한국 독자에게 드리는 글'을 보냈다. 궁금해서 읽어 보다가 얼른 번역했다. 터키 작가들이 작업한 책인데, 전쟁과 이민에 관한 작품이다. 세계 곳곳에서 일어나는 이민 상황을 '대관람차'를 타는 것으로 표현한 작품이다. 이 작품에 '물고기'가 등장하는데, 물고기는 고향에 대한 그리움이자 새로운 정착지에 대한 소망을 상징한다고 한다. 그림책에서 모호한 것을 명확하게 말해 주니 독자가 작품을 이해하는 데 좋겠다.

저녁밥 먹고 나서 텔레비전을 보다가 이탈리아어 공부를 했다. 한동안 이탈리아어 공부를 열심히 했다. 요즘은 읽고 싶은 책을 쌓아 놓고 읽다 보니 열기가 좀 식었다. 그래도 멈추지 말고 계속해야지. 걷기, 쓰기, 외국어 공부하기, 계속해 보자. (2021. 2. 3.)

덧: 이 그림책은 『두 아이 이야기』(휠린 코지코으로 글 · 휘세인 쇤메자이 그림 · 엄혜숙 옮김, 도토리숲, 2021. 7)라는 제목으로 출간되었다.

틈

004

바쁜 나날을 보내다가 가끔 틈을 내서 시를 찾아 읽는다. 시를 읽는 시간은 아마도 내가 내 삶에 틈을 만드는 시간인지도 모른다. 오늘은 이상국 시인의 시 「틈」(『뿔을 적시며』, 창비, 2012)을 찾아 읽었다. 이 시는 시인이 단단한 바위에 뿌리를 내리고 살아가는 나무를 보고 쓴 것 같다. 시인은 나무의 뿌리박기와 사람들의 뿌리박기를 같은 관점에서 보고 있다. 시인은 '틈'이 가진 몇 가지 의미를 불러와서 시적 자장을 넓힌다.

나무가 바위에 뿌리를 내려 틈을 낸다고 할 때, 여기서 '틈'은 '벌어져 사이가 난 자리'를 가리킨다. 화자는 나무뿌리가 바위에서 자라는 걸 보고는, 바위가 살을 파고드는 아픔을 견뎠다고 말한다. 바위는 무생물인데 무슨 아픔을 느낄까. 바위가 아픔을 느꼈다고 보는 것은 사람의 관점일 따름이다. 왜 이런 표현을 했을까? 화자는 지난겨울 용산에서 일어났던 철거민들의 시위를 거론한다. 철거하지 말라고, 용산에서 그대로 살겠다고 시위하다가 불에 타 죽고 만 사람들. 시인에게는 나무가 바위에 뿌리 내리는 것과 철거민들이 용산에 그대로 살겠다고 시위하는 것이 같은 행위로 다가왔던 것이다.

그렇다면 이것에 대해 사람들은 어떻게 반응했는가. 화자는 사람이 사람에게 '틈'을 주지 않았다고 말한다. 여기서 '틈'은 '벌어져 사이가 난 자리'라기보다 '어떤 행동을 할 만한 기회나 겨를'을 가리킬 게다. 철거민들에게 좁은 법의 잣대를 들이대며 공권력을 사용해 쫓아내는 것, 그것을 시인은 '틈'을 주지 않았다고 말하는 것이다. 사람이 사람에게 틈을 주지 않을 때, 우리의 삶은 어떻게 될 것인가? '틈' 없는 삶이 바람직한 것일까. 내 자신에게 묻게 된다.

예전에는 '틈' 하면 권여선 작가의 책 『푸르른 틈새』(문학동네, 2007)를 떠올리곤 했다. 내 삶 어딘가에 '푸르른 틈새'가 있기를 바라면서 그 말들을 떠올리곤 했다. 그러고 보니 대학 시절에 친구하고 셋이서 푸른 나무 아래 누워 있던 일이 생각난다. 그때 한 친구가 이런 말을 했다. 자기는 눈이 나빠서 나뭇잎들 사이로 빛이 비치는 게 또렷하게 보이지 않는다고, 그래서 마치 푸른 틈새로 빛 구슬이 쏟아지는 것처럼 보인다고. 나는 눈이 꽤 좋았을 때라 눈 나쁜 그 친구가 부러웠다. 그토록 아름다운 광경을 나는 볼 수 없었기 때문이었다. 지금은 나도 눈이 나빠져서, 푸른 나무 아래 누워서 나뭇잎들을 쳐다보면 그때 그 친구가 보았던 것과 비슷한 광경을 볼 수 있을 것이다. 그렇지만 그때 우리가 가졌던 풋풋한 마음, 미래에 대한 막연한 기대, 이런 건 더 이상 지닐 수 없을 것이다. 딱 한 번, 바로 그 순간에 그런 마음일 수 있다는 것을 그때는 몰랐다. 그때 그 순간이야말로 우리에게 열린 '푸르른 틈새'였다는 것을 말이다. (2021. 2. 4.)

유리창

005

'유리창' 하면 어릴 때 살던 우리 집 유리창이 가장 먼저 생각난다. 안방에 작은 유리창이 있었는데, 유리창으로 옆집 마당이 보였다. 겨울에 유리창에 성에가 껴서 뿌옇게 되면 호호 입김을 내뿜어서 성에를 녹이곤 했다. 가끔은 유리창에다 손가락으로 글자를 써 보기도 했다. 부엌에도 옆집 쪽으로 난 쪽문이 있었다. 두 집이 서로 오갈 수도 있었고, 음식 따위를 서로 주고받을 수도 있었다. 우리 집 마당은 그리 넓지 않았지만 옆집 마당은 아주 넓어서 동네 아이들이 모여 놀곤 했다. 줄넘기도 하고 구슬치기도 하고 고무줄도 했다. 점심 먹을 때가 되면 뿔뿔이 흩어졌다가 밥 먹고 나서 다시 모였다. 그렇게 놀다가 저녁 먹을 때가 되면 또다시 흩어져 집으로 갔다. 옆집 아저씨도 아주머니도 일하러

나가고 아이들만 집에 있어서 그렇게 놀 수 있었던 거 같은데, 정확하게 기억나지는 않는다.

또 하나 생각나는 건 정지용의 시 「유리창」. 이 시는 정현종 선생님 수업 시간에 알게 되었다. 지금 읽어도 여전히 아름다운 시다. 이 시의 화자는 겨울밤 유리창 앞에 서 있다. 창밖을 보면 양쪽 길들이 얼어 있다. 밖은 춥고 안은 따뜻하니 유리창이 입김 때문에 자꾸 흐려진다. 그래서 입김을 지웠을 때는 새까만 밤이 보였다가 유리창이 입김에 흐려졌을 때는 새까만 밤이 안 보인다. 이러한 상황을 화자는 마치 밀물처럼 밤이 왔다가 썰물처럼 밤이 갔다고 말한다. '물 먹은 별'이라는 표현을 보면 화자가 눈에 눈물을 머금은 채 별을 바라보고 있는 걸 알 수 있다. 차오르는 슬픔을 드러내지 않고 유리창 앞에 서 있는 것이다. 왜 화자는 유리창 앞에 서 있을까? 시에서 화자는 네가 '山ㅅ새처럼' 날아갔다고 말한다. 아마도 누군가가 죽었거나 영원히 사라졌나 보다. 여기서 山도 ㅅ도 모양이 비슷하다. 마치 날아가 버린 새의 발자국 같은 이미지. 겨울밤, 유리창 앞에서 다시는 올 수 없는 누군가를 생각하며 조용히 눈물 흘리는 모습을 정지용은 이렇게 표현한 것이다. 나중에 알고 보니 이 시는 정지용이 아들을 잃고 나서 쓴 시라고 했다. (2021. 2. 5.)

봄날 같은 날

006

오전에는 독서 모임, 오후에는 그림책 선정 모임으로 분주한 토요일. 10시에 시작한 독서 모임이 1시 넘어 끝나는 바람에 2시에 시작하는 그림책 선정 모임까지는 한 시간이 채 남지 않아, 얼른 샐러드와 식빵 한 조각으로 점심을 때웠다. 사실 하루에 두 번이나 모임을 할 수 있는 것은 줌zoom 덕분이다.

독서 모임은 예전에 같이 공부했던 '한일아동문학 모임'의 일부가 시작한 모임이다. 한국 아동문학을 알려면 일본 아동문학도 알아야 한다는 야심 찬 포부로 함께했던 한일아동문학 모임. 이런저런 사정으로 못 만나다가 멤버 중 한 사람이 갑작스런 상을 당하고, 그때 만났던 한 사람에게 좋은 일—5년짜리 연구교수—이 생겨 밥을 같이 먹었다.

그때 독서 모임을 시작하자는 말이 나와서 다섯 명이 한 달에 한 번씩 모임을 하게 되었다. 둘은 과천, 하나는 노원, 하나는 파주, 하나는 고양에 사는데, 줌으로 만나니 전혀 문제가 없다. 토요일 10시에 줌을 켜고, 자기 방에 앉아 읽은 책에 대해 토론한다.

이번에 함께 읽기로 한 『옛이야기의 힘』(신동흔, 나무생각, 2020)은 모임 중의 한 사람이 추천한 책이다. 그이는 요즘 대학원에서 문학치료학 공부를 하고 있는데, 작년에 수업을 들었던 신동흔 교수의 책이 흥미로운 것 같다며 추천했다. 나도 작년부터 『그림 메르헨』 읽기 모임을 하고 있어서 구미가 당겼다. 오늘 두 챕터 읽고 토론할 예정이었는데, 열띤 토론 덕분에 한 챕터 하고 마쳤다. 이 모임에서 『새로운 어린이가 온다』(2회), 『어린이라는 세계』(1회)를 함께 읽었다. 『옛이야기의 힘』은 여섯 번 이상 읽게 될 거 같다. 이 책을 읽으면서 신동흔 교수가 정말 쉽게 글을 썼다는 것에 다들 감탄했다. 아마도 말한다는 기분으로 이 책을 쓴 것 같다. 목차를 구성하고는 자기 생각을 쭉 펼쳐 가며 글을 쓴 것 같다.

그림책 선정 모임은 석 달마다 한 번씩 열리는 회의이다. 예전에는 선정위원들이 한자리에 모여 그림책을 선정

했는데, 요즘은 검토 대상 도서를 집에서 받아 저마다 검토한 다음 회의를 해서 결정한다. 오늘 회의는 2020년도 4분기 도서 선정회의로, 28권을 검토해서 그중 8권을 선정했다. 좋은 책이란 게 모범답안이 있는 게 아니기 때문에 선정위원 전체가 좋다고 하는 책도 있지만 서로 의견이 엇갈리는 책도 있다. 책을 미리 보고 체크한 것을 진행자에게 보내기 때문에, 그날 보고 그날 결정하는 것보다 나은 점이 있다. 반면에 다수결 원칙에 의해 선정되기 때문에 깊이 있는 논의는 어렵다. 얼른 코로나 시대가 끝나서 얼굴 보고 회의하기를 바랄 뿐이다.

오전과 오후 일정을 마치고 걸으러 나갔다. 다섯 시간 넘게 줌 회의를 하고 나니 머리가 어질어질하다. 오늘은 날이 흐리고 기온이 높다. 영상 9도라니 꼭 봄날 같다. '입춘'이 지나서 그런 걸까. 이렇게 봄이 오고 있다. (2021. 2. 6.)

자명종

007

아침잠이 많은 나에게 자명종은 꽤 요긴한 물건이다. 학교 다닐 때나 직장 다닐 때는 늘 자명종을 맞추어 놓고 그 소리에 아침을 시작하곤 했다. 요즘은 자명종이 울리기 전에 깰 때가 종종 있다. 전날 밤 일찍 잤거나 목이 마르면 깨는 것이다. 잠은 깼지만 일어나기가 싫어 그냥 누워 있을 때가 있다. 그러면 짹재잭 짹재재재 우는 새소리가 창문으로 밀물처럼 쏟아져 들어온다. 언제부터인가 아침을 반기는 새소리가 귀에 들리기 시작했다. 새벽부터 울기 시작해서 10시가 지나면 차츰 잦아드는 새소리. 어두운 밤이 지나고 새 아침이 온 것을 새소리와 함께 시작할 수 있다니, 행복하구나.

자명종 소리와 함께 생각나는 시가 있다. 다니카와 슌타

로의 시 「아침 릴레이」(『사과에 대한 고집』, 요시카와 나기 옮김, 비채, 2015)다. 이 시는 지구의 자전 때문에 지역마다 시간이 달라지는 점에 착안한 시다. 어떤 곳이 아침일 때 어떤 곳은 밤인 지구. 아침이 오는 것은 지구의 자전 때문이지만, 시인은 우리가 서로 아침을 주고받는다고 말한다. 멀리 어디선가 들려오는 자명종 소리는 바로 아침을 잘 받았다는 증거라는 것이다. 사람들이 서로를 모르고 따로 떨어져 살고 있어도 서로 연관되어 있다는 사유가 이 시에는 담겨 있다. 사람은 혼자 존재하지 않는다는 생각이 바탕에 깔려 있는 것이다. 시인이란 사물에 자기만의 의미를 새롭게 부여하는 사람일 것이다. 보편적이고 객관적인 지식이 아니라 개인적이고 주관적인 의미를 표현하는 사람. 아침이면 잠에서 깨려고 울리는 자명종 소리에 이렇게나 색다른 의미를 부여한 것에 감탄하며 이 시를 읽었다.

이 시에는 여러 지명이 나온다. 캄차카, 멕시코, 뉴욕, 로마. 이 가운데 가본 데는 로마밖에 없다. 어쩌면 생전에 여기 나오는 도시들에 다 가 보지 못할지도 모른다. 로마에 갔을 때가 생각난다. 볼로냐 도서전에 갔다가 로마에 들렀다. 세계에서 가장 오래된 도시 중의 하나인 로마에 왔다는 게 가슴 뭉클했다. 자신의 신념을 굽히지 않아 죽임을 당했다는 브루노의 동상을 보았다. 동전을 던져 놓으면 언젠가 다시 로마에 온다는 분수에 동전을 던지기도 했다. 로마 카타콤에 갔을 때는 기분이 묘했다. 로마라는 도시에 이렇게 커다란 무덤이 있다는 것도 놀라웠고, 신앙 때문에 수많은 사람이 기꺼이 무덤에서 살았다는 것도 놀라웠다. 무덤에서 산다는 것, 그것은 사회적 의미에서 죽은 것과 마찬가지란 의미일 터였다. 그렇지만, 그렇게 살았던 사람들 덕분에 기독교는 현재 세계에서 가장 영향력 있는 종교의 하나가 되었을 게다. 자명종 덕분에 이런저런 생각을 해 본다. (2021. 2. 7.)

뉴스를 보며

008

46일째 단식하고 있다는 송경동 시인의 소식을 들었다. 송경동의 시 「당신의 운명」(『사소한 물음들에 답함』, 창비, 2009)을 읽어 본다. 이 시에서 어머니는 밤 기도를 드리는데 아들인 나는 바퀴벌레를 잡는다. 어머니는 예전에 절에도 다닌 적이 있고, 개척교회에도 다닌 적이 있고, 노인인 지금은 성당에 다닌다. 어머니는 어떤 종교라도 좋으니 구원받고 복 받을 수 있다면 그 종교를 받아들이고 믿는 것이다.

기독교 가정에서 태어나 자라고 오랫동안 미션스쿨을 다녔던 나. 대학에 가서 유물론의 세례를 받고서 나는 신앙을 잃었다. 그렇다고 철저한 유물론자도 못 되었다. 굳이 나의 사상의 좌표를 표시한다면 리버럴리스트에서 아나키스트 사이라고 할 수 있다. 한때 나는 신앙이란 무엇인가,

종교란 무엇인가 생각했던 적이 있었다. 그건 사치스러운 질문일지도 몰랐다. 장학금 때문에 교회에 다닌 적이 있다는 사람이 지인 중에 있다. 처음에는 그 말을 듣고 놀랐다. 젊은 사람이 너무 약삭빠른 게 아닌가 하고 생각했다. 나에게 교회나 절이란 기본적으로 양심의 문제이자 신앙의 문제였기 때문이었다. 그런데 교회 장학금을 받지 않으면 학교에 다닐 수 없을 만큼 절박할 때, 그 사람이 교회 다닌 걸 비겁한 행위라고 내가 비난할 수 있을까.

잘살고 싶은 마음은 있는데 그 방법을 잘 모를 때, 교회나 절에 나가는 경우가 종종 있다. 그런데 왜 자기만 잘살아야 할까? 자기도 잘살고 다른 사람도 잘살면 안 될까? 우리 집에만 바퀴벌레가 없으면 괜찮은 것일까? 아파트 같은 공동주택에서는 한 집에 바퀴벌레가 생기면 옆집에도 곧 바퀴벌레가 생긴다. 누가 어느 집에 사는지는 몰라도, 집들이 서로 이어져 있기 때문이다.

36년째 복직되지 못하고 있는 노동자 김진숙 씨에 대한 뉴스를 보았다. 민권변호사 출신임을 자랑하던 대통령은 도대체 무엇을 하고 있는가. 오늘도 포스코에서 노동자가 죽었다는 뉴스를 보았다. 설날 선물로 170만 원짜리 한우 세트가 불티나게 팔리는 나라에서 사람이 계속 죽어나가도 잠시 떠들썩할 뿐, 바뀌는 게 전혀 없다. 살려고 일하는데, 그 때문에 죽는다니…. 이게 대한민국의 현주소라는 게 슬프다. (2021. 2. 8.)

싱어게인

009

코로나19 때문에 그런 걸까. 요즘 노래 경연 프로그램이 많다. 애써 시간을 지켜 가며 보지는 않지만, 그래도 관심 있게 시청한 프로그램이 있다. 어제로 끝난 「싱어게인」이다. 어제가 마지막 회였는데, 톱6가 나와서 노래를 했다. K는 그런다. 자기는 2번 정홍일을 응원한다고. 지방에서 록 음악을 20년씩이나 계속하는 건 보통 일이 아니라고. 그런데 아마도 6번 이승윤이 1등 할 거 같다고. 왜 그렇게 생각하냐고 물었더니, 음악이 새롭고 이승윤을 지지하는 젊은이가 많기 때문에 아무래도 이승윤이 1등 할 것 같다고 한다.

나는 여섯 명 중에 네 명에게 응원 문자를 보냈고, K는 2번 한 명에게만 응원 문자를 보냈다. 결과는 K가 예측한 대로였다. 심사위원 점수는 2번 정홍일이 1위였지만, 관객 점수에서 순위가 뒤집혀서 이승윤이 1위를 했다. 1위 한 사람에게는 상금 1억이 주어지고, 1위부터 3위까지 안마의자를 부상으로 주었는데, K가 또 그런다. 1등 5천만 원, 2등 3천만 원, 3등 2천만 원 주는 게 더 좋지 않나? 왜 1등에게 다 몰아주지? 한다. 아무 생각 없이 방송을 보다가 정말 그래도 좋겠구나 싶었다.

사실 「싱어게인」을 보며 놀랐던 것은 무명 가수이지만 노래를 잘하는 가수가 이토록 많다는 사실이었다. 인기 가수만 노래를 잘하고 연주를 잘하는 게 아니었다. 그런데 음악만 그럴까. 어디서나 알려지지는 않아도 묵묵하게 자기 일을 하며 살아가는 이들이 많을 것이다. 싱어게인, 다시 노래한다는 뜻이다. 언제나 다시 노래하는 맘으로 살아가야지 생각했다. (2021. 2. 9.)

개천에서 용 난다

010

오늘 영상자료원에서 「아주 긴 변명」이란 영화를 보았다. 주인공 키누가사 사치오는 성공한 유명작가다. 아내 나츠코는 헤어디자이너. 두 사람은 대학 1학년 때 만난 사이다. 나츠코는 아버지가 돌아가시는 바람에 대학을 그만두었는데, 머리를 자르러 갔던 사치오가 우연히 미용실에서 나츠코를 만난다. 나츠코는 사치오에게 "소설 쓰겠다고 하지 않았어?"라고 묻고, 그걸 계기로 사치오는 10년 동안 나츠코의 지원을 받으며 소설을 써서 유명 작가가 된다. 현재 두 사람은 사랑 없는 결혼 생활을 유지하는 상태. 나츠코는 사치오의 머리를 깎아 주고 친한 친구 유키와 여행을 떠나는데, 사고가 나서 나츠코와 유키는 죽고 만다. 사치오는 유키의 남편인 오오미야 요이치의 전화를 받고 그 집에 갔다가 아이들을 만난다. 오빠 신페이와 여동생 아라키. 죽은 엄마 유키 대신에 두 아이를 돌보면서 사치오는 조금씩 바뀌어 간다.

사치오와 나츠코는 서로 알아주고 이해하는 사이였다. 그러나 10년간 나츠코의 지원 아래 작품을 써서 유명 작가가 된 사치오에게는 마음의 빚이 있고, 이 빚은 도리어 그의 마음을 닫게 만들었다. 나츠코도 마찬가지였을 게다. 더 이상 자신의 도움이 필요치 않은 사치오. 나츠코가 남긴 휴대전화에는 "더 이상 사치오를 사랑하지 않아. 조금도."라는 메모가 남아 있다. 그런 상태를 숨긴 채 두 사람은 결혼 생활을 유지하고 있었던 거다. 사치오가 용이라면 나츠코는 개천일지도 모른다. 그런데 용은 이제 개천을 기억하고 싶지 않다. 개천 따위는 안중에도 없다. 그러다가 사치오는 오오미야와 그의 아이들인 신페이와 아카리를 만나면서 자신의 상태를 깨닫기 시작한다. 너무 늦게 깨달았지만, 이때라도 깨닫지 못했다면 사치오의 삶은 살아도 산 것이 아니었을 것이다.

개천에서 용 난다는 말이 있다. 시원찮은 환경이나 변변찮은 부모 밑에서 빼어난 인물이 나는 경우를 가리킨다. 아내의 도움으로 유명한 인물이 되었을 때도 이런 말을 쓸 수 있을까? 이우만 작가의 강연에서 이런 내용을 들었다. 예전에 중국에서 있었던 일이라고 한다. 수확 철에 참새가 낟알을 먹어 인민에게 손해를 입힌다며, 공산당이 앞장서서 참새를 모두 잡아 없앴단다. 그랬더니 다음 해에 해충이 어마어마하게 번져 엄청난 흉년이 들었다고. 참새가 사람에게 손해를 입히는 것처럼 보였지만 가을에만 잠깐 그랬을 뿐, 겨울부터 가을까지 계속 해충들을 잡아먹어서 더 큰 혜택을 인간에게 주고 있었다는 것이다.

우리네 삶도 그런 거 아닐까. 겉으로 보면 용이 개천 덕을 본 것 같지만, 개천은 용 덕분에 풍요로웠던 거 아닐까. 자기연민과 자기 모멸감. 영화에서는 사치오가 나츠코에게 그런 기분을 토로한다. 나츠코도 그런 기분이었을지 모른다. 사랑하는 사람끼리라도 마음을 닫으면 이런 암울한 상태에 빠지는 걸까? 스스로 질문하며 집으로 돌아왔다. (2021. 2. 10.)

시의 힘으로

011

『시의 힘으로 나는 다시 시작한다』(오생근 엮고 옮김·해설, 문학판, 2020)를 가끔씩 펴서 읽는다. 불문학자이자 문학평론가인 오생근 선생님이 보들레르에서 프레베르까지 프랑스 현대시를 뽑고 여기에 해설을 붙인 책이다. 한동안 몹시 사랑했던 시인 폴 엘뤼아르 편을 찾아 읽는다. 엘뤼아르의 시 중에서도 가장 사랑했던 시는 「이곳에 살기 위하여」이다. '하늘이 나를 버렸을 때, 나는 불을 만들었다…'로 시작한다고 알고 있었는데, 시를 읽어 보니 내 기억과 달랐다. '하늘의 버림을 받고, 불을 만들었지…'라고 되어 있었다. 번역이니까 얼마든지 달라질 수 있는데, 뉘앙스가 꽤 달랐다.

책장을 뒤져서 찾아보니 내가 갖고 있던 시집도 오생근

선생님의 번역이다. 시집 『이곳에 살기 위하여』(폴 엘뤼아르 지음, 오생근 옮김, 민음사, 1974)를 대학 시절에 자주 읽곤 했다. 나도 하늘에게서 버림받은 기분이었던 걸까. 첫 구절이 가슴을 훅 치고 들어와서 이 시는 내가 가장 좋아하는 시 중의 하나가 되었다. 시인은 낮이 자신에게 베풀어 준 모든 것을 불에게 바쳤다고 말한다. 여기서 불은 열정, 꿈, 내가 가장 사랑하는 것을 의미할 것이다. 비록 하늘이 나를 버리고 나는 신의 은총을 잃은 존재이지만, 마음에 타오르는 불은 그 누구도 끌 수 없다는 의미일 것이다

지금은 그런 마음도 다 타 버리고 없지만, 그때만 해도 문학이, 시가 나를 살게 해 준다고 믿었다. 내 삶의 의미를 찾아 줄 열쇠라고 생각했다. 세속적으로 가치 있어 보이는 것들, 그것을 모두 모아서 문학에 바쳐야 한다고 생각했다. 시에서는 그것이 큰 숲, 작은 숲, 밀밭, 포도밭, 새집, 새들, 집, 열쇠들, 벌레, 꽃, 모피, 축제라고 열거된다. 이것들은 우리 인간이 향유하고자 하는 것들이다. 돌이켜 보니 나는 그즈음 기독교 신앙을 버린 대신에 문학이라는 또 다른 신앙을 취하려 했던 거 같다. 부끄럽다.

대학에 입학하자마자 광주라는 사건이 터졌고, 온갖 흉흉한 소문이 돌았다. 그러면서 대한민국이 신기루 같고, 도

깨비 나라 갈다는 것을 알았다. 충격이었다. 푸른 꿈을 품고 들어갔던 대학은 휴교를 했다. 아무 힘도 없는, 무력하기 짝이 없는 문학을 선택했다는 것이 괴로웠고, 아무것도 할 수 없다는 무력감에 시달렸다. 나는 침몰하는 배 같았다. 그렇지만 그런 세월을 견디게 해 준 것도 문학이고 책이었다. 「이곳에 살기 위하여」는 「자유」와 함께 자주 읽어 보곤 했던 시다. (2021, 2. 11.)

나무

012

대장천 주변을 걷다 보면 꽤 큰 나무 한 그루와 만난다. 저물녘 그 나무에는 수많은 새가 깃든다. 그 나무 옆을 지나다 보면 새들이 재재거리는 소리에 귀가 따가울 지경이다. 새소리만 듣고는 그게 어떤 새인지 나는 알 수 없다. 아마도 대장천 주변에 사는 참새일 거라고 추측한다. 가지가 많고 나뭇잎이 무성한 그 나무에서 새들은 몸을 숨긴 채 안심하고 재재거리는 거겠지. 언젠가 그 옆을 지나가다가 같이 걷는 K에게 이런 말을 한 적이 있다. "여기 꼭 참새네 아파트 같네. 여기 살기 좋아요, 살기 좋아요 하는 거 같아."

자카리아 무함마드의 시집 『우리는 새벽까지 말이 서성이는 소리를 들을 것이다』(오수연 옮김, 강, 2020)를 넘기다가 「저물녘」이란 시에 눈이 가게 되었다. 시는 대장천에 있는 나무하고 아주 비슷한 느낌으로 시작한다. 잠자리 찾는 새들이 깃드는 한 그루 나무에서 시가 시작되는 것이다. 시인은 자기 자신이 바로 '한 그루 나무'라고 말한다. 나무에 깃들이는 새들은 곧 '자기 형제들의 영혼'이고. 날은 저물고 새들은 깃들여 잘 곳이 필요한데, 들판에는 나무 한 그루밖에 없고 그 나무가 곧 자기라는 것이다. 이와는 달리 대장천 주변에는 나무가 꽤 많다. 그런데 이 나무에만 새들이 잔뜩 앉아서 재재거린다. 새들이 좋아하는 나무인가 보다.

자카리아 무함마드는 1950년 팔레스타인의 나블루스에서 태어나 바그다드 대학 아랍문학과를 졸업했다. 팔레스타인 사람인 것이다. 몇천 년 전, 성경에 나오는 하느님의 약속을 빌미로 유대인들은 팔레스타인에 쳐들어가서 이스라엘이란 나라를 건설했다. 그 뒤로 수많은 전투가 벌어져, 이스라엘인과 팔레스타인인은 서로 다치고 서로 죽었다. 하느님이 자신들에게 준 땅이라며 유대인들은 팔레스타인에 살던 사람들을 쫓아내고, 나가지 않는 사람에게는 무기를 들이대고 있다. 세계 여러 나라, 특히 미국은 이스라엘을 지지하는 말을 버젓이 한다. 유엔이 이스라엘에 여러 번 권고해도 전혀 아랑곳하지 않는다. 트럼프는 공공연하게 예루살렘을 이스라엘의 수도라고 인정했고.

자카리아 무함마드는 바그다드 대학으로 유학을 떠났다가 고향으로 돌아오지 못한 채 수십 년을 여기저기 유랑했다. 이 시집의 시를 몇 편 읽으면서 마음이 무거웠다. 한국에는 팔레스타인의 입장이 그다지 알려지지 않았고, 나 또한 무심코 살아가는 사람 중의 하나였기 때문이다. 자카리아 무함마드는 한국에 팔레스타인 비자로 입국한 첫 번째 사람이라고 한다. 이 시집은 그래서 우정과 연대의 표시라고. 짧은 이 시 「저물녘」 뒤에는 한 개인의 역사와 팔레스타인 민중의 역사가 그림자를 드리우고 있다. 시인은 자기 자신을 '내 형제들의 영혼을 품은 나무'라고 말한다. 새들을 품은 나무, 이 나무는 대장천에도 있고 팔레스타인에도 있다. (2021. 2. 12.)

시간

013

가진 건 시간밖에 없다고, 시간 부자라고 자부했는데, 어느 새 내가 쓸 수 있는 시간이 그다지 많지 않구나 생각하게 되었다. 표지에 때가 묻은 이 시집 『사랑할 시간이 많지 않다』(정현종, 세계사, 1989)를 꺼내 언제 이 시집을 샀나 하고 살펴보니, 1989년에 나온 시집을 1992년 11월 6일에 샀다. 서른이 지나니 '시간'이라는 것에 관심을 갖게 된 것이었을까. 그때도 한창 젊을 때인데 말이다. 수명이 길어졌기 때문에 앞으로 20년은 더 살지도 모르겠다. 지난 시간을 돌이켜 보면 그 20년도 휙 지나갈 것 같다. 내 주변을 둘러보면 내가 인간인 게 싫어질 때가 많다. 이렇게 탐욕스럽고, 이기적이고, 지구를 망쳐서 다른 식물이나 동물마저도 못 살게 하는 게 바로 우리들 인간이니 말이다. 그래도 시인은 말한다, 우리에게는 사랑할 시간이 많지 않다고.

이 시 「사랑할 시간이 많지 않다」는 어느 거리의 한순간을 그리고 있다. 플라스틱 악기를 부는 아이, 파 보따리를 든 아주머니, 버스 타려고 뛰어오는 할아버지, 장미를 들고 움직이는 처녀 둘, 밤 보따리를 든 아주머니. 저마다 다른 일로 골똘히 살아가는 사람들의 모습을 시인은 찬찬히 보여 준다. 그러면서 시인은 이 순간이야말로 '시들지 않는 꽃'이라며 감탄하고 있다. 평범한 사람들이 살아가는 그저 그런 모습이야말로 생명력 넘치는 순간이라고 말하는 것이다. 그렇기 때문에 아이가 부는 플라스틱 악기는 삶의 축제를 찬미하는 소리처럼 들린다. 삶의 축제가 한창인 순간을 보게 하면서, 시인은 이 순간이야말로 우리가 사랑할 시간, 사랑해야 할 시간이라고 말하는 것이다. 사랑하며 살기에도 시간이 부족하다고 이 시는 말하고 있는 것이다. (2012. 2. 13.)

바닷마을 다이어리

014

미세먼지 속을 걸어서 도서관에 책 반납하러 갔다가 책장에서 『바닷마을 다이어리』(요시다 아키미 지음, 조은하 옮김, 애니북스) 시리즈 9권과 마주쳤다. 고레에다 히로카즈가 만든 영화 「바닷마을 다이어리」를 보고, 원작이 만화인 걸 알고는 원작을 찾아 읽었다. 6권까지 읽은 터라 7권부터 읽을까 하다가 읽은 지가 오래 지나 1권부터 읽기로 했다. 1권을 펴서 읽다 보니 세 자매가 아빠의 장례식에 갔다가 배다른 여동생을 만나 함께 살게 된다는 것 말고는 기억하는 게 거의 없다.

데릴사위였던 아빠는 다른 여자를 사랑하게 되어 아내와 세 딸아이를 두고 떠난다. 그 뒤 엄마도 재혼하고, 세 자매는 외할머니 손에 자란다. 큰딸은 간호사, 둘째 딸은 신용

금고 직원, 셋째 딸은 스포츠용품 매장의 점원으로 일하는데, 이제 막 중학생이 된 배다른 여동생 스즈가 여기에 합류하는 것이다. 스즈는 친엄마가 죽은 다음에 아빠하고 둘이 살았는데, 아빠가 아들 둘인 현재의 아내와 결혼하는 바람에 어정쩡하게 살았다. 그러다가 아빠가 죽는 바람에 세 언니들과 함께 살게 되는 것이다.

아빠의 불륜 때문에 부모 없이 살게 된 세 자매. 지금은 다들 직업도 있고 멀쩡해 보이지만 이들의 성장 과정이 순탄치만은 않았을 것이다. 작가는 영리하게도 그런 이야기를 하지 않는다. 오로지 현재에 초점을 맞춘다. 이 작품은 네 자매의 성장담인 동시에 사랑이란 무엇인가, 인간이란 무엇인가를 질문하는 책이기도 하다. 야무진 것 같은 맏딸 사치는 병든 아내가 있는 소아과 의사와 3년을 사귄다. 그 과정에서 사치는 아버지를 이해하고, 야물지 못한 엄마를 받아들이게 된다. 넷째 스즈는 자신의 존재 자체가 다른 자매들에게 불편함을 준다고 여긴다. 엄마, 아빠의 불륜 때문에 이 가정이 깨졌다고 생각하니 말이다. 그러나 배다른 언니들과 살면서 스즈는 조금씩 마음을 열고 사람들과 어울리게 된다.

이 작품은 어른이 과연 어른스러운가를 질문하는 책이

기도 하다. 아빠의 현재 아내는 남편의 1주기를 맞기도 전에 새 남자를 만나 1주기 모임에 나오지 않는다. 결국 유족 대표로 큰딸 사치가 감사 인사를 한다. 세 자매의 엄마도 마찬가지다. 외할머니 기일에 와서는 세 자매가 살고 있는 집을 파는 게 어떠냐고 묻는다. 알고 보니 현재 자신이 살고 있는 집을 고치는 데 돈이 필요했던 것이다. 그러고 보면 어른스럽지 못한 어른들 사이에서 고통 받는 아이들의 모습도 잘 그려 내고 있다고 하겠다.

아직 세 권밖에 안 읽어서 결말이 어떻게 될지 모르겠다. 1권이 2009년에 번역 출간되었는데, 마지막 권인 9권이 2019년에 출간되었다. 10년 동안 꾸준히 출간되고 있었던 것이다. 작가는 요시다 아키미. 좋아하는 작품 『야차』의 작가다. 도서관에 갈 때만 해도 빌린 책 반납하고 서평 쓸 책을 읽을 작정이었다. 그런데 뜻밖의 책을 만나는 바람에 서평 쓸 책은 2순위가 되었다. 『바닷마을 다이어리』 얼른 읽고, 서평 써야지. (2021. 2. 14.)

별 별 초록별

015

별을 소재로 한 아름다운 그림책을 읽었다. 『별 별 초록별』(하야시 기린 글, 하세가와 요시후미 그림, 김보나 옮김, 나는별, 2021)이 바로 그 책이다. 처음에 표지와 제목을 보고는 초록별 지구를 다룬 그림책인 줄 알았다. 우주에서 보면 지구가 초록별이라고 하지 않는가. 책을 펴서 읽어 보니, 오호, 이럴 수가! 전혀 의외의 내용을 담고 있었다.

심심해서 빈둥대던 아이가 문득 식탁에 있는 귤을 본다. 그랬더니 귤 배꼽에 초록별이 있다. 텃밭에 나가 보니 호박, 토마토, 피망에 모두 초록별이 있다. 꽃에도 초록별이 있고. 비 오는 날 물웅덩이에도 초록별이 있다. 이 별은 우산에 난 구멍으로 햇살이 통과해서 생긴 초록별. 나무를 올려다보니 초록별이 가득한 은하수다. 어느새 아이는 은하수에서 생긴 파도 소리를 듣는다. 아이는 하늘에서 떨어지는 별똥별을 보고 잡으려고 달린다. 그러다가 풀밭에 누우니 이제 아이는 자신이 별이 된 것 같다. 아이는 별끼리 서로 손을 잡은 게 별자리라고 상상한다. 그러고는 지구의 모든 아이들이 서로 손을 잡고 있는 광경을 떠올리는 것이다.

이 그림책은 아이들이 알고 있는 별 모양에서 출발한다. 그래서 우리 가까이에 별이 있다고 생각하게 한다. 아이가 심심해 하다가 별을 발견한 걸 보면 우리에게 심심한 시간이 얼마나 중요한가도 생각하게 한다. 바쁘게 살다 보면 이미 알려진 통념 말고는 새로운 것을 발견하거나 생각할 겨를이 없는 것이다. 그다음에는 별이 빛난다는 것에 착안해서 자기 주변에 있는 또 다른 별을 발견한다. 웅덩이에 있는 별, 나무 사이에 있는 별들. 그러고는 별똥별을 보고는 은하수를 떠올리고 별자리까지 상상한다. 혼자 빈둥대던 아이가 관찰과 상상을 하다가 자기가 바로 별이라고 생각하고, 자기와 친구들이 서로 손을 잡으면 별자리가 된다고 생각하는 발상도 좋다. 나에서 출발해서 우리로 확장하는 그림책. 그야말로 아름답고도 의미 있는 그림책이다.

그림을 그린 하세가와 요시후미는 우리나라에도 많은 작품이 소개된 인기 작가다. 글을 쓴 하야시 기린은 그리

많은 작품이 소개되지 않았지만 『이 세상 최고의 딸기』나 『그 소문 들었어?』와 같이 깊은 인상을 준 작품이 소개되었다. 과일이나 채소, 꽃을 보면 초록별을 꼭 찾아보게 될 것 같다. (2021. 2. 15.)

참새들의 겨울나기

016

요즘 대장천 주변을 자주 걷고 있다. 추운 날씨에도 새들이 평화롭게 살아가는 모습을 보노라면 마음이 편안해진다.

오늘 흥미로운 일이 있었다. 대곡역 쪽으로 천천히 걸어가다가 생긴 일이다. 앞서가던 K가 어떤 비닐하우스 앞에 가만히 서 있다. "왜 서 있어?" 하고 물으니 "여기 새 키우나 봐. 새소리가 엄청나게 들려." 한다. 얼마 전까지만 해도 이곳은 개들을 키우던 곳이다. 저녁에 걷다 보면 개들이 컹컹 짖는 소리가 들려왔다. 최근에는 그 개들이 어디론가 다 사라졌다. 그래서 우리도 이쪽 제방으로 걸을 수가 있었다. '아니, 이런 데다 무슨 새를 키우지?' 싶어 가까이 다가가 보았다. 그랬더니 이게 어쩐 일이람! 버려진 비닐하우스 안에 엄청난 참새 떼가 모여 있었다. 추위를 피하느라고 모여 있는 것 같았다.

내가 가까이 가서 들여다보니 참새들은 저쪽으로 휘리릭 날아갔다. 그러더니 비닐하우스의 구멍 난 쪽으로 일부가 또 휘리릭 날아서 지붕 위로 올라갔다. 다시 보니 지붕 위에 참새들이 다닥다닥 붙어 있다. 그러다가 참새들이 또 다시 휘리릭 날아서 비닐하우스 옆에 있는 나무에 앉았다. 참새들이 마치 그 나무의 열매들 같았다. 시끄러울 정도로 큰 새소리 때문에 비닐하우스를 들여다보았다가 좀처럼 보기 드문 구경을 한 셈이다. 그래, 잘하고 있다, 참새들아. 너희들을 응원한다. (2021. 2. 16.)

누구를 위하여 종은 울리나

017

헤밍웨이의 소설 『누구를 위하여 종은 울리나For Whom The Bell Tolls』가 존 던의 시에서 제목을 따온 거라는 것을 듣고, 이 시집 『누구를 위하여 鐘은 울리나』(j. 단 지음, 심명호 옮김, 민음사, 1975. 11. 20. 초판, 1983. 4. 30. 재판)를 샀다. 판권을 보니 1983년 4월 이후에 이 시집을 산 모양이다. 해설에는 줄이 쳐 있으나 본문은 깨끗하다. 영어 단어를 찾아가며 읽었던 시집은 아닌 것이다. 며칠 전 책장에서 폴 엘뤼아르 시집을 찾다가 존 던의 시집을 발견해서 오늘 뒤적여 보았다. 이 시집을 샀던 걸 그동안 잊고 있었다.

「누구를 위하여 鐘은 울리나 - 기도문 중에서」는 첫 구절부터가 인상적이다. 누구든 섬이 아니라 대륙의 한 조각이며 대양의 일부라는 사유. 어느 사람의 죽음도 나를 감소

시키는데, 나는 인류 속에 포함되어 있기 때문이라는 표현. 개인의 자유와 개성을 소중하게 여기지만, 역설적이게도 살아갈수록 내 자신이 다른 사람들과 또 다른 생명들과 연관되어 있다는 것을 느끼게 된다. 나도 이 세계의 일부이고 자연의 일부라는 것을 실감하게 되는 것이다.

대학 1학년 때, 헤밍웨이의 『노인과 바다』를 원서로 읽은 적이 있다. 천신만고 끝에 잡은 물고기를 상어에게 모조리 빼앗기고 뼈만 갖고 돌아오는 노인 이야기. 그때 C교수님이 노인이 꾸는 '사자의 꿈'에 대해 얘기한 게 생각난다. 빈손으로 돌아왔지만 패배한 게 아니란 게 이 작품의 골자였다. 그때는 어렸고 빈손으로 돌아온다는 게 정확히 어떤 느낌인지를 몰랐다. 이제는 그게 뭔지 알 거 같다. 몸은 늙고 가진 것 없는 초라한 노인, 그러나 그 노인의 마음에는 초원을 달리는 사자가 살고 있다. 몸이 늙으면 마음도 늙는다는데 그렇게 되지 않는 사람도 가끔 있다. 이렇게 힘찬 소설을 쓴 헤밍웨이가 자살을 했다고 해서 놀란 것도 생각나네. (2021. 2. 17.)

우수雨水에 함께 걷기

018

오늘 지인들과 넷이서 대장천 주변을 함께 걸었다. K하고 둘이서 걷던 길을 J, S, C와 함께 걸으니 새삼스런 기분이다. 나는 망원경을 들고 나갔는데, 두 사람이 더 망원경을 가지고 왔다. 알고 보니 J는 탐조 활동을 꽤 한 사람이었다. 남편과 미국에서 생활한 적이 있는데, 이웃에 사는 분들이 퇴직한 대학교수로 탐조 활동 하는 이들이라서 모임에 함께했다는 것이다. 집 마당에 들깨를 심었더니 들깨를 먹느라고 새들이 몰려와서 집에서도 탐조 활동을 했다고 한다. 내가 포스팅한 '걷는 인간'을 보고 언제 한번 대장천 같이 걷자고 하기에 오늘 대장천 걷기 약속이 있다고 하자 그야말로 번개처럼 나와서 함께 걸었다. S도 망원경을 갖고 나왔다. 남편 사무실이 안양천이 보이는 데라서 남편이 망원경을 샀는데 이참에 잘 사용한다며 웃는다. C는 내가 좋아하는 선배다. 철새 다 날아가기 전에 대장천 함께 걷고 싶다고 해서 둘이 먼저 약속을 잡았다. 다행히 오늘 날씨도 맑고 춥지도 않아 넷이 즐겁게 걸을 수 있었다.

넷이서 대장천 생태습지에 있는 나무로 된 길을 걷고, 대장천 제방 길을 따라 걸으면서 탐조 활동을 했다. 노랑부리저어새, 백로, 왜가리, 물닭, 흰뺨검둥오리, 청둥오리, 쇠오리, 논병아리, 넓적부리, 알락오리 들을 보았다. 추위에도 새들이 멋지게 살아가는 것이 대견했다. J가 그런다. "새들은 다리가 물속에 있어도 추위를 느끼지 못한대요." 이 말을 들으니 얼마나 안심이 되는지 모르겠다. 물속에 있는 새들을 볼 때마다 '얼마나 추울까!' 생각하곤 했다. 제방 길을 따라 걷다가 기러기 떼가 논에서 먹이 활동 하는 것을 보았다. 목을 움직이면서 걷는 모습이 꼭 공룡 같다. 새가 공룡의 후손이라더니, 걷는 기러기를 보면 실감난다. 오늘은 운 좋게도 먹이 먹던 기러기 몇 마리가 눈앞에서 날아가는 모습도 보았다. 새들이 땅과 하늘을 연결하는 존재도 아니고 신의 뜻을 전달하는 사자도 아니라는 걸 안다. 하지만 저 멀리 날아가는 새들을 보면 아득한 그 무엇인가를 느끼게 된다. (2021. 2. 18.)

창작실과 창작

019

오전에 T문화재단에서 운영하는 창작실의 신청자 명단을 보고 추천자를 골라 보내야 했다. 78명 중에서 30명을 선별해 보내는 것인데, 장르를 안배하고 신인 작가와 기성 작가를 안배해야 하는 일이었다. 여러 사람이 추천하는 일이라 큰 부담 없이 추천했다.

나도 2007년에 이 창작실에 들어간 적이 있다. 내 인생에서 처음이자 마지막으로 석 달 동안 창작실에 있었다. 그때는 석 달이면 책 한 권 쓸 줄 알았다. 나와 P는 학위논문을 쓰겠다고 작정했고, K는 장편소설을 쓰겠다고 작정했다. K는 우리에게 톨스토이의 『전쟁과 평화』의 한 장면을 읽어 주곤 했다. K는 몇 년 전에 큰 주목을 받으며 등단한 소설가였다. 지금 K는 중요한 문학상이란 상은 다 받는 주목받는 소설가이지만, 그때는 소설도 못 쓰고 이런저런 일을 하며 지내고 있었다.

셋이서 창작실에 들어갈 때 약속한 게 있었다. 다른 사람들하고 어울리지 말고 오로지 목표에 매진하자고 말이다. 그때는 나만 결혼한 상태였고 둘은 독신이었다. 주말에 나는 가끔 집에 들렀으나 두 사람은 주말에도 창작실에 머물렀다. 책 읽고 글쓰기에는 더할 나위 없는 환경이었다. 창작실에서는 주말을 제외하고 세 끼 식사를 제공했다. 아침은 빵하고 달걀, 커피를 제공했고, 점심과 저녁에는 정갈하고 맛있는 식사를 제공했다. 장아찌가 가끔 나왔는데 박경리 선생님이 농사지어 담근 장아찌라고 했다. 『토지』를 쓴 대작가가 담근 장아찌를 먹는 건 단순히 장아찌를 먹는 게 아니었다.

사단은 주말에 일어났다. 나와 P가 집에 다녀오는 사이에 K가 다른 소설가와 같이 바깥에서 밥을 먹으면서 친해졌다. 그다음에는 P가, 그다음에는 나까지 다른 작가들하고 친해졌다. 그 뒤로는 늘 같이 밥 먹고, 산책하고, 밤이면 술을 마시곤 했다. 꼭 글을 쓰자고 했던 다짐은 저 멀리 사라졌다. 문학을 사랑하는 사람들끼리 만나 문학 이야기를 하며 지내는 게 너무나도 즐거웠다. 다시 문과대 신입생으로 돌아간 것 같았다. 때는 4월, 봄이었던 것이다. 그 덕분에 한참 뒤에나 목표를 이룰 수 있었다.

기억에 남는 건 L선생님, 쏘맥 두 잔 마시고 얼른 들어가 주무셨다. L선생님은 음악이론가이자 교육자인데, 소설 쓰는 게 꿈이라며 창작실에 들어오셨다. 이분은 젊은 소설가들에게 소설 작법을 진지하게 묻곤 하셨다. 또 한 사람은 젊은 희곡 작가인데, 어린 시절 이야기를 눈앞에서 벌어지는 것처럼 표현하는 재주가 있었다. 이래서 희곡 작가가 되었나 보다 싶었다. 이번에 신청인 중에 그 작가 이름이 있었다. 신청인 명단에서 보는 순간, 흥미진진하게 들었던 에피소드가 생각났다.

L선생님은 과연 소설을 썼을까? 검색해 보니 2015년에 소설집 『괄호 속의 시간』(현대문학)을 냈다. 평생 음악과 함께 하다가 2004년에 장편소설 『피아니스트의 탄생』(현대문학)으로 소설가의 길로 들어선 늦깎이 소설가라고 소개되어 있다. 도전이 아름답다는 생각을 하게 해 준 분이다. (2021. 2. 19.)

달력을 보며

020

달력을 보니 2월 20일 토요일. 2월도 한 주일 남았다. 시간이 점점 빨리 간다고 하더니 실감 난다. 저녁에는 집에서 줌으로 하는 그림책 모임이 있고, 주말에는 교정지 검토를 해야 한다. 이번에 작업한 뇌과학책은 어린이용이지만 분량이 꽤 된다. 일본 초등학교 어린이들이 뇌과학자 이케가야 유우지에게 궁금한 점을 묻고 그것에 대한 대답을 실은 책인데, 내용도 알차고 요시타케 신스케가 그린 그림도 재미있다. 요시타케 신스케는 필자가 쓴 내용을 그대로 그린 게 아니라 한 번 더 해석해서 그렸는데, 그림 덕분에 책이 훨씬 더 매력 있게 되었다.

아이들 질문 중에 공부에 관한 것이 꽤 많다. "A.I.가 다 알아서 할 텐데 왜 공부해야 하나요?"란 질문이 있다. 필자는 이렇게 대답한다. "자동차를 만들 때 필요한 물건과 공정이 대단히 많다. 그럴 때 자동차 공장에서는 어떤 일을 다른 공장으로 하청을 준다. 하청을 줄 때는 일을 맡기는 것만 중요한 게 아니라 그게 제대로 되고 있는지 확인하는 것도 필요한데, 맡긴 사람이 일의 내용을 모르면 확인할 수가 없다. A.I.에게 일을 맡길 때도 마찬가지다. 맡기면 다 끝나는 게 아니라 사람이 그 과정을 확인해야 한다." 이 구절을 읽고 "아, 그렇구나!" 싶었다. 과학 기술이 발달해서 컴퓨터나 기계가 인간의 노동을 감당한다고 해도, 그 장치를 만든 게 인간이고 인간이 관여해야 한다는 것을 아이들에게 잘 전달하고 있었다.

집중력에 대한 질문도 있다. "저는 집중력이 너무 없는데 어떻게 해야 할까요?" 필자는 이렇게 대답한다. "인간은 원래 집중하지 않는 동물이다. 집중력이 강했으면 이미 인간은 멸종했을 거다. 만일 인간이 먹는 데 집중했다면 주변에서 자기를 노리고 있다는 걸 몰라서 잡아먹혔을 거다. 산만했기 때문에 주변을 둘러보며 먹어서 살 수 있었다. 인간에게 집중한다는 것은 자연스러운 게 아니다. 40분 정도가 집중할 수 있는 최대 시간이다. 민폐가 되지 않는다면 책상에서만 공부할 게 아니라 집안 여기저기에 책을 읽거나 공부하는 코너를 마련하는 게 좋다." 이걸 읽고는 "아, 그렇구나!" 했다. 사실 나도 글 쓰는 건 책상에서 하지만 책 읽기는 침대에서도 하고, 그림책 읽기는 부엌 탁자에서 주로 한다. 부엌 탁자는 줄였다 늘였다 할 수 있고 집에서 가장 넓은 탁자라 그림책을 쌓아 놓고 읽기에 좋다.

"책 읽기가 싫은데 어떻게 해야 하나요?"도 생각난다. 필자는 "책 읽기의 의미가 옛날과 달라졌다. 예전에는 책이란 게 동경의 대상이었다. 지금은 우리가 책방에 가서 골라 사는 물건이 되었다. 또 책 말고도 여러 매체에서 자신이 원하는 정보를 얻을 수 있다. 그렇지만 자신의 삶을 바꾸게 할 만한 책을 만나면 책 읽기가 즐거워질 수 있다. 그걸 찾을 수 있으면 행운인 것이다."라고 말한다. 필자 소개를 읽어 보니 뇌과학을 대중화하는 데 큰 역할을 했다고 한다. 전문지식을 이렇게 쉬운 언어로 쓰다니, 감탄스럽다. (2021. 2. 20.)

창작자의 실상

021

어제 그림책 줌 모임은 예상보다 늦게 끝났다. 보통 두 시간 정도 하니까 10시면 마칠 줄 알았는데 11시 48분에 마쳤다. 이 모임은 한 달에 한 번 한다. 한 사람이 그림책 한 권을 꼼꼼히 읽고 발제하면 모인 사람들이 그 책에 대해 자유롭게 이야기 나눈다. 일본에 사는 그림책 좋아하는 사람들의 모임인데, 얼마 전에 나도 합류하게 되었다. 줌 덕분에 가능한 일이다. 어제는 일본에 사는 사람 네 명, 한국에 사는 사람 세 명이 참석했다.

함께 읽은 그림책은 2~4세가 읽을 만한 일본의 유아 그림책이다. 바닷가에서 두 명씩 네 팀이 만나 반가워하며 허그 하는 내용으로, 2011년에 나왔다. 잡지로 나왔다가 얼마 뒤에 단행본으로 나왔단다. 이 책에 대한 의견 중에 인상에 남는 말을 적어 본다. 2011년은 동일본 대지진이 일어났던 해다. 그런 재난 뒤에 이런 그림책이 나온 건 우연이 아닌 거 같다. 오랜만에 만나 안부를 물으며 서로 허그한다는 것, 서로의 체온을 느낀다는 것은 얼마나 대단한 일인가. 바닷가에서 이 모든 일이 일어난다는 게 흥미롭다. 일본이라서 바닷가가 배경이 되지 않았을까. 그림 표현을 보면 무대와 시점이 그다지 바뀌지 않는다. 시간이 흘러가는 것을 배라든가 갈매기로 표현한다. 해가 저무는 것으로 마치는데, 여러 사람을 만나다가 인생의 마무리를 맞는 느낌이다 등등.

10시 이후에는 시간 되는 사람들만 남아 얘기를 나누었다. 한 사람 말고는 다 그대로 있었다. 발제 맡았던 사람은 그림책 작가 S였다. 출간을 앞둔 새 작품을 소개한 덕분에 얘기가 더 길어졌다. 코로나 시대라 사람도 못 만나고 모임도 별로 없으니 다들 헤어지기가 아쉬운 것이다. 이 모임에는 남자가 하나밖에 없었는데, 이번에 한국에 사는 남자 작가 P가 들어왔다. P작가가 하는 말, 그림책 좋아하는 사람이 많아졌다는데 그림책만 해서는 결혼 생활이 가능하지 않다고. 도서관에 그림책 강연하러 가면 엄마들이 묻곤 한단다. "우리 아이가 그림을 잘 그리는데 그림책 작가를 직업으로 삼아도 될까요?" 그러면 "이거 해서는 먹고 살기 힘들어요. 공부 열심히 해서 다른 직업 갖게 하세요." 그러면서 가슴이 답답해진다고. 왜 그렇지 않겠는가. 자기 삶을 걸고 하는 일을 남에게는 하지 말라고 해야 하니…. 일본에 사는 작가 S가 웃으며 말한다. 나는 결혼도 하고 애도 있으니까 더 부지런히 책을 만들게 된다, 작품성을 따지면서 시간을 보낼 수가 없다.

또 다른 사람 K가 말을 잇는다. 프리랜서 기획자이자 편집자겸 디자이너다. 기획에서 편집실무까지 두루 작업한다. 하루는 어머니가 묻더란다. 너 밤낮없이 일하는데 연봉이 1억은 되니? 말문이 막혔다고. 실은 그 절반도 될까 말까 한데, 그것도 여기저기 강의를 해서 그런 거지 기획 편집 및 디자인 갖고는 어림도 없다고. 신인들과 작업해서 작품을 내다 보니 보람은 있지만 경제적인 형편은 그다지 나아지지 않았다고. 다만 10년씩 계속 출간되는 책이 있어 감사한다고 덧붙인다.

생활 형편을 얘기하다 보니까 할 말이 많았다. 하고 싶은 일을 하며 사는 자유, 그 자유를 누리기가 힘들구나. 즐거운 그림책이 만들어지려면 창작자부터 즐거워져야 하지 않을까. (2021. 2. 21.)

여성 인물 이야기 유감

022

오늘 여성 인물 이야기 그림책을 교정해서 보냈다. 『모험심 많은 곤충학자 에벌린』이란 책이다. 여자는 치마를 입어야 하고, 수의과 대학에서는 여자 입학생을 받지 않고, 여성 참정권이 아직 정착되지 않은 빅토리아 시대. 그 시대에 태어나 새로운 길을 개척한 여성 곤충학자 에벌린 치즈맨에 관한 그림책이다. 에벌린은 수의사가 되고 싶었지만 수의과 대학에서 여자를 뽑지 않자 개를 돌보는 간호사가 된다. 그런데 우연히 런던 동물원의 곤충의 집에서 담당자를 찾는다는 것을 알고는 여성으로는 최초로 큐레이터가 되어 그 일을 시작한다. 에벌린은 곤충의 집에 전시된 곤충에 대해 공부해서 사람들에게 재미난 이야기를 들려준다. 또, 새로운 곤충을 발견하기 위한 탐험도 하는데, 남녀가 함께한 탐험이 만족스럽지 않자 단독 탐험을 떠난다. 에벌린은 평생 수집한 곤충 표본을 런던 자연사 박물관에 기증했고, 그 덕분에 사람들은 여전히 새로운 연구와 발견을 하고 있다고 한다.

얼마 전에 번역을 넘긴 『오토바이 타는 여자』는 여자로서 최초로 오토바이를 타고 세계 일주를 한 프랑스 여자 안느-프랑스 도스빌의 이야기다. 이런 작업을 할 때면 양가적인 마음이 된다. 하나는 '맞아, 제대로 알려지지 않아서 그렇지 여성도 남성과 마찬가지로 세상의 발전에 이바지하는 존재이고말고.' 하는 마음이다. 또 하나는 '이렇게 업적을 남긴 여성을 조명하는 건 좋지만 대부분의 여성들은 눈에 보이지도 않는 노동을 하며 살아가잖아? 부모를 돌보고, 남편을 돕고, 자식을 양육하고. 자신이 어떤 일에 몰두하여 업적을 남기기에는 시간이 절대 부족하잖아.' 하는 마음이다. 주변을 둘러보면 여자들의 노동과 돌봄 노동으로 평화로운 생활이 유지되는 곳이 많다. 요즘 세간에는 결혼 안 한 경제력 있는 딸이 최고의 노후 연금이란 말까지 있다고 하니 씁쓸한 일이다. 맏딸은 살림 밑천이란 말을 싫어했다. 지금도 싫어한다. 여차하면 맏딸이 나서서 자기를 희생하라는 뜻이 담겨 있어서다.

대학 신입생 때가 생각난다. 희망에 가득 차서 문과대학생이 되었는데, 입학하자마자 들은 말이 '문과대에 여학생이 너무 많이 들어와서 걱정이 태산'이란 문과대 학장의 말이었다. 우리 학번은 특차가 있어서 학력고사 성적이 좋으면 무시험 전형으로 입학할 수 있었다. 그래서 여학생 입학률이 평소보다 높았다. 입학 성적이 높아진 건 좋은데 여학생들은 계속 공부하지 않으니까 학교로서는 낭패라는 논리였다. 제일기획에 합격했는데, 여자는 일할 만하면 결혼이나 임신 출산으로 나가게 되어 뽑기가 어렵다는 말을 들은 지인이 있다. 이거 어딘가 비슷한 데가 있지 않나? 이런 여성혐오 발언을 계속 들으면서 살아왔는데 완전히 삐뚤어지지 않은 게 다행인 건지 바보인 건지 잘 모르겠다.

2020년대를 살아가는 젊은이들은 남녀 모두 평등하고 인간적인 대우를 받았으면 좋겠다. 특별한 재능이 있어서가 아니라, 사람이기 때문에 존중받고 존중하는 그런 사회가 되었으면 좋겠다. 재능도 있고 운도 좋아서 어쩌다 살아남아 이름을 남기는 특별한 사람 말고 말이다. (2021. 2. 22.)

덧: 『모험심 많은 곤충학자 에벌린』은 『여자는 곤충을 좋아하면 안 되나요?』(크리스틴 에반스 글, 야스민 이마무라 그림, 엄혜숙 옮김, 키다리, 2021)란 제목으로 출간되었다.

마감 1

023

『아베 히로시와 아사히야마 동물원 이야기』(아베 히로시 지음, 엄혜숙 옮김, 돌베개, 2014)란 책을 번역한 적이 있다. 아베 히로시는 아사히야마 동물원의 사육사로 일하면서 동물원에서 필요한 그림을 그렸다. 그 그림이 인기가 있는데다가 동물 전문가이다 보니 동물 그림책을 그려 뛰어난 그림책 작가가 되었다. 미대를 나오진 않았지만 누구보다도 멋진 그림책을 그렸기 때문이다.

아베 히로시는 두 가지 일을 병행하다가 지금은 사육사를 그만두고 그림책 작업을 하며 산다. 이 책은 중학생용 책인데, 책 뒤편을 보면 아베 히로시가 61살 되던 해에 나왔다. 60세를 맞은 아베 히로시가, 어떤 일을 하며 살아갈지 잘 모르는 중학생들에게 들려주고 싶은 이야기를 쓴 게 아닌가 싶다. 이 책에 마감에 대한 이야기가 나온다. 자기는 현재 150권 정도의 책을 쓰고 그렸는데, 아마도 마감이 없으면 이렇게까지 일을 못했을 거라는 거다.

동감이다. 나도 마감 덕분에 일을 계속할 수 있는 거 같다. 어제 일 하나를 마무리해서 보냈고, 내일 일 하나를 마무리해서 보내야 한다. 오전에 그림책 강의하고 돌아와서 한숨 자고 일어나니 어느덧 6시. 산책 다녀와서 저녁 먹고 나니 지금 이 시간 한밤중이다. 오늘은 쉬고, 내일 일은 내일 하자고 마음먹는다. 교정지를 빨리 전달하고 싶어 PDF를 보내 달라고 했다. 교정지 양이 많아서 부담이었는데 읽어 보니 고칠 게 별로 없다. 편집자와 의견이 크게 다르면 교정지를 보내는 게 좋지만, 그렇지 않으면 PDF에 체크해서 보내면 된다. PDF로 보내면 하루는 시간을 단축할 수 있다. 원래는 교정지를 목요일에 받기로 했는데 택배 회사에서 지체되어 금요일 오후에 받았다. 하루하고도 반나절이 날아간 것이다. 내일은 도서관에 가서 집중해서 교정 보고 저녁에 PDF에 옮겨서 보내자고 마음먹는다.

한집에 사는 K도 요새 몰골이 말이 아니다. 본인이 존경하는 비평가에 관해 글을 한 편 쓰고 있는 중이다. 그 비평가가 K가 쓰면 좋겠다고 잡지에 추천했다고 한다. 기쁜 일이지만 한편으로 걱정도 된다. 마감에 맞춰 죽이 되나 밥이 되나 마무리하는 나와는 달리 K는 완벽주의자다. 자기 맘에 들 때까지 계속 붙잡고 있다. 저번 주초가 마감이었는데 아직도 마무리를 못했다. 그렇다고 노는 것도 아니다. 틀을 짜놓고 글을 쓰고 있는데, 하루에 5매 정도 쓰고 쉬고, 하루에 5매 정도 쓰고 쉬는 거 같다. 그러더니 오늘은 담당자에게 독촉 전화를 받았다. 모레까지 보내겠다고 했단다. 결국 마감이 글을 쓰게 하는 것이다. (2021. 2. 23.)

마감 2

024

오늘 작업 마감하고 내일은 놀러 갈 생각이었다. 생각을 바꾸었다. 그냥 집에 있기로 했다. 집에서 어제 받은 『작가의 마감』(나쓰메 소세키 외 지음, 안은미 엮고 옮김, 정은문고, 2021)이나 읽어야겠다. 한 편 읽었는데 재미있었다. 그런데 이런 책은 한 번에 쭉 읽기보다 틈틈이 한두 편씩 읽는 게 더 재미있을 거 같다.

대장천을 따라 걸으면서 보니 확실히 새들의 숫자가 줄었다. 원래 있던 흰뺨검둥오리는 그대로인 듯한데 청둥오리의 숫자가 줄었다. 봄이 되어 대장천을 떠나기 시작한 것일까. 저녁 무렵 대장천변을 걸으면 기러기 떼가 한강 쪽을 향해 날아가는 것을 몇 번이나 목격하곤 했다. 오늘은 잠잠했다. 논에서 먹이 먹는 기러기 떼를 두 번인가 보았는데 기러기의 수가 적었다. 또 어찌나 조용한지 논에 기러기가 있는지도 잘 모를 정도였다.

'모든 게 때가 있다'는 말이 생각난다. 새들이 대장천에 날아들 때가 있고 대장천에서 날아갈 때가 있는 것이다. 대장천 주변을 걷기 시작하면서 오리들에게 마음을 주었던 것 같다. 2019년 말부터 2020년 초까지는 겨울에도 날씨가 따뜻했다. 겨울에 오리들이 사이좋게 헤엄치며 살아가는 모습이 조금은 지친 내게 위안을 주었다. 개 키우는 사람이 이런 말을 하는 걸 들었다. "아이가 키우고 싶어 해서 기르기 시작했는데, 힘들 때 정말 위안이 되었어요." 나도 비슷한 말을 할 수 있다. "운동 삼아 대장천 주변을 걷기 시작했는데, 오리 보면서 위안을 얻었어요."

철새들이 날아오고 날아가는 것을 보면서 또 다른 마감에 대해 생각해 본다. 내가 세상에 온 것은 내 의지가 아니었다. 그렇지만 세상에 온 이상 의미 있는 삶을 살고 싶었다. 요즘은 그것도 욕심 같다. 살아 있다는 것, 그 자체가 소중한 것 같다. 일상생활을 소중하게 여기게 된 건 엄마가 아프면서부터였다. 주중에는 큰 남동생 내외가 부모님을 보살펴 드렸다. 주말에는 나와 여동생이 장을 보고 부모님이 드실 음식을 만들었다. 지방에서 근무하던 작은 남동생도 주말에 와서 부모님을 보살펴 드렸다. 형제들이 번갈아 부모님을 보살펴 드리면서 노년에 대해 예습했는지도 모르겠다. 엄마가 아픈 건 슬픈 일이었지만 그 덕분에 부모님과 형제들을 자주 만났다. 어쩌면 그게 엄마가 우리에게 주신 선물일지도 모르겠다고 가끔 생각했다. 지금은 엄마와 아버지 모두 이 세상 여행을 마치고 쉬신다.

나도, 동생들도 이 세상 여행을 마칠 날이 올 거다. 그 마감이 올 때까지 하루하루 즐겁고 기쁘게 살아가고 싶다. 물론 세상에 즐겁고 기쁜 일만 있는 게 아니라는 것쯤은 알고 있다. 그러나 나에게 주어진 시간은 내가 노력해서 얻은 게 아니다. 선물로 받은 거다. 종합선물세트에 든 선물이 죄다 내 입맛에 맞을 수 없을 거다. 올봄에도 대장천은 새끼 오리들로 가득 차겠지. 새끼 오리들이 커 가는 것을 보면서 오리 이야기 하나 써 볼까 잠시 궁리해 본다. (2021. 2. 24.)

세상 어디에도
숨은 고수가 있다

025

요즘 '그림책사랑교사회'에서 하는 줌 강의를 가끔 듣고 있다. 이 모임은 그림책을 사랑하는 교사들의 모임인데, 여기 교사들에게 4회 연속 줌 강의를 의뢰받고 이 모임을 알게 되었다. 그 뒤 겨울방학 연수로 14회 연수를 하는데, 강의료가 얼마 안 되어 모두 신청했다. 회원이 천 명쯤 되는 모임이라 어떤 강의는 100명이 훌쩍 넘는 인원이 신청하곤 한다. 오늘 들은 강의도 80명 정도가 들어왔다. 대면 모임에서는 생각하기 힘든 숫자이지만 줌 강의이기에 오히려 이런 모임이 가능한 것이다.

오늘 주제는 '그림책 학급 운영.' 제목부터 생소하다. 그림책을 중고등학생들에게 읽어 주고, 여기서 키워드를 골라 학생들이 주체적으로 자기 생각을 끌어내도록 하는 활동이었다. 중고등학생들에게 어떤 의견을 끌어내기란 정말 어렵다. 나를 돌이켜 봐도 중학생 때 가장 삐딱했던 것 같다. 그림책이 교육의 도구가 된다는 생각은 해 본 적이 별로 없다. 하지만 교육 현장에 있는 교사들에게 그림책이 학생들의 말문을 트게 하는 역할을 한다는 게 가슴 뭉클했다.

나는 소속이 없는 사람이지만 동생들은 둘이나 교사를 했다. 하나는 국어 교사, 하나는 윤리 교사. 국어 교사는 얼마 전 명예퇴직을 했지만 윤리 교사인 막내는 아직 교직에 있다. 여동생의 딸인 조카도 사회 교사이고 조카사위도 사회 교사다. 이번에 막내 동생의 딸이 교사가 되어서 현재 가족 중에 교사가 넷이다. 배우는 것은 좋아하지만, 남에게 무엇을 가르친다는 건 쉽지 않다고 생각해, 대학 졸업한 뒤 모교에서 교사직을 제의했지만 거절했다. 이것 때문에 아버지는 한동안 안타까워하셨다.

나이가 들고 보니 교사는 보람 있는 일이다. 학창 시절에 어떤 교사를 만나느냐에 따라 인생이 달라지기도 하지 않는가. 이번에 이 강의를 들은 것은 교사들이 그림책을 어떻게 활용하는지 궁금하기도 했고, 괜찮은 방식이라면 동생이나 조카들에게 그림책 활용을 권하고 싶어서였다. 오늘 강의를 들으면서 감동을 받았다. 학교처럼 제한된 공간에서 어떻게든지 학생들에게 자기를 찾게끔 하려고 하는 교사들의 모습이 아름다웠기 때문이었다. 세상 어디에도 숨은 고수가 있구나. 문득 그런 마음이 들었다. (2021. 2. 25.)

대보름 달

026

대보름이라 달을 보러 나갔다. 느지막하게 저녁을 먹고 10시가 다 되어 대장천 쪽으로 갔다. 이쪽은 별 보기에도 좋고 달 보기에도 좋다. 대장천에 이르기 전에 하늘을 올려다보았다. 둥실 뜬 커다란 달 옆에 별들이 총총 떠 있었다. 시리우스가 밝게 빛나고 베델기우스와 리겔이 빛난다. 삼태성이 희미하게 보이기에 망원경으로 보았더니 맨눈으로 안 보이던 별들도 여기저기에서 보였다. 길에 전깃줄이 많아서 생태습지까지 가기로 했다. 생태습지 가기 전에 대장천 제방 길에서 다시 한 번 하늘을 올려다보았다. 여기는 전깃줄이 없어서 달이며 별이 훨씬 또렷하게 보였다. 그렇지만 제방 길에는 자동차가 다녀서 두 번이나 길을 비켜야 했다.

생태습지로 갔다. 여기는 탁 트인 곳이라 별 보기에 좋다. 그런데 이게 어쩐 일이람! 생태습지에 도착했을 때 하늘에 구름이 잔뜩 끼었다. 달하고 시리우스 말고는 별들이 보이지 않았다. 별을 보려고 여기까지 왔는데 달만 떠 있는 것이다. 사실 달도 그렇고 별도 그렇고, 보고 싶다고 해서 보게 되는 게 아니다. 운이 맞아야 하는 것이다. 덕분에 달은 더 환하게 보였다. 어둔 밤에 두둥실 떠 있는 달. K가 묻는다. "소원 빌었어?" "건강하게 해 달라고 빌었어." "우리가 운동하니까 그건 빌 일이 아니지." "별로 바라는 게 없는데…." 별 생각 없이 보름달을 보고 있었는데 갑자기 묻는 바람에 갑자기 소원을 빌었다.

이상국의 시 「달은 아직 그 달이다」(『달은 아직 그 달이다』, 창비, 2016)가 생각났다. 어머니가 달을 보며 했다는, 야아 야 달이 째지게 걸렸구나 하는 말씀. 어머니가 달을 보며 한 그 말씀이, 하늘 어딘가가 찢어질 것 같다는 건지, 어머니 가슴이 미어터지도록 그립게 달이 걸렸다는 건지 알 수가 없다는 시인. 이러한 '알 수 없음'을 화두로 삼아 뭔가 조금 더 알고자 하고 뭔가 조금 더 표현하고자 하는 게 바로 시이고 시인일 것이다. 이상국 시인은 이 말을 시로 만들려고 거의 사십여 년이나 애를 썼다고 한다. 아무리 애를 써도 아들은 어머니가 한 말의 의미를 알 수 없을 것이다. 아니, 어머니조차도 딱히 명확한 의미가 없었을 것이다. 하지만 두둥실 뜬 달을 보면서 어머니 가슴에서 저절로 흘러나온 말, 그 말이 씨앗이 되어 아들의 마음에 시로 아름답게 피어났다. 말이란 그런 것이다. 무심코 한 말이 누구의 가슴에 남아 오래도록 울리고, 그것이 씨가 되어 꽃처럼 피어나기도 하고 나무처럼 자라기도 한다. 올해 대보름에는 둥실 뜬 보름달을 보았다. (2021. 2. 26.)

따로 또 같이

027

산책 다녀와서 줌 독서 모임을 하고 저녁으로 오곡밥을 먹었다. 어제 달구경은 했지만 나도 K도 바쁜 바람에 오곡밥은 먹지 못했다. 마음의 여유가 없어서였다. 이번 주는 나도 마감할 게 있었고 K도 마감을 해야 했다. 나는 그저께 마감을 했으나 K는 3월 1일에 마감하기로 했다고 한다. 어젯밤에 걸으면서 K가 자신이 쓴 글의 내용을 얘기해 주는데 괜찮다. “다 썼네. 얼른 보내면 되겠네.” 그랬더니 하는 말, “틀은 세웠는데 내용을 더 채워야 해.” 한다. 존경하는 비평가에 관해 비평을 쓰는 게 힘들구나 싶다. 어떤 비평가의 평생 작업을 나름대로 평가하는 일이고 그 비평가가 자신을 추천했다고 하니, 완벽주의자 K는 쉽게 마무리하지 못하는 것이다.

나는 마감도 했고 독서 모임도 마쳤으니 홀가분하다. 저번에 사다 두었던 오곡밥 재료에 기장을 한 컵 더 넣었다. K는 기장 많이 든 밥을 좋아한다. 시골 친구가 보내준 꾸러미에 마른 나물이 여러 가지 있었지만, 손이 많이 가는 것은 생략하고 시래기하고 냉이, 콩나물만 무쳤다. 내가 밥을 안치고 시래기나물을 뭉근하게 끓이고 있는 걸 보더니 K가 그런다. "오랜만에 주부 생활하네. 수고해!" 그러더니 오곡밥을 김에 싸서 먹으면서 "맛있네!" 한다. 맛없는 건 아니지만 맛있다는 말을 할 만큼 맛있지는 않다. 그냥 먹을 만하다. 이런 인사말을 하는 걸 보니 경상도 남자가 많이 발전했다.

사실 나는 부엌에서 오래 일하는 것을 좋아하지 않는다. 한두 가지 반찬 만들어서 간단히 먹는 걸 좋아한다. 그런데 대학 시절부터 기숙사 생활을 했던 K는 그렇게 먹는 걸 싫어한다. 늘 나보고 음식을 성의 없이 만든다고 한다. 그러더니 요새는 자신이 음식을 만들기 시작했다. 말해 봤자 내가 나아지는 게 없으니까 스스로 하게 된 거다. 주변에 남자가 음식 만드는 집을 보면 양상이 비슷하다. 여자는 음식 만드는 데 별 취미가 없고, 웬만하면 가리지 않고 먹는다. 반면에 남자는 입맛이 까다롭고, 잔소리해 봤자 여자가 달라지지 않으니까 자기가 하게 된다. 우리 집하고 비슷한 집이 가까이에 있다. 그 집은 아예 남자가 부엌일을 책임지고 있다. 자기네가 사 먹는 맛 좋은 김치집도 내게 알려 주었는데 아직 주문해 보지 않았다.

K가 일찍 잠들었다. 내일 오전에 친구들하고 만나 전시 보기로 했다고 한다. 요새는 전시 보려면 예약해야 하고 사람 수도 제한하기 때문에 꼭 같이 볼 만한 사람끼리 간다. 나도 친구들하고 월요일에는 점심 약속, 화요일에는 전시 구경 약속이 있다. '따로 또 같이' 살아가는 우리 집이다. (2021. 2. 27.)

잃어버린 자아를 찾아서

028

도서관에 책 반납하러 갔다. 만화 『아직 최선을 다하지 않았을 뿐』(아오노 슌주 지음, 송치민 옮김, 세미콜론)이 5권까지 있어서 빌렸다. 자리에 앉았더니 '새로 들어온 책'이란 코너가 보인다. 『툇마루에서 생긴 일』이란 만화를 3권까지 읽었는데, 4권이 있어서 얼른 읽었다. 『눈의 시』라는 그림책도 있어서 살펴보았다. 가끔 와서 어떤 책이 들어왔는지 살펴봐야지 생각했다.

『아직 최선을 다하지 않았을 뿐』의 주인공 시즈오는 연로한 아버지와 여고생 딸과 함께 사는 독신 남자다. 시즈오는 40살에 만화가가 되겠다며 회사를 그만두고 음식점에서 알바를 하며 지낸다. 어느덧 2년, 시즈오는 42살 난 만화가 지망생인 것이다. 이런저런 이유로 만화가는 되지 않고 아버지의 구박을 받아 가며, 딸에게 용돈을 빌려 가며 좌충우돌 살아가는 시즈오. 만화로는 흥미진진하지만 이런 사람이 식구 중에 있다면 골칫거리일 수도 있겠다.

30살 즈음, O사 다닐 때 일이다. 하루는 같은 부서의 남자 직원이 담배를 뻑뻑 피우면서 이런다. "이모부가 이모한테 이혼하자고 해서 집안이 발칵 뒤집혔어요." "왜요?" "결혼하고 나서 내 인생은 없어졌다, 내 인생을 찾아야겠다고 했대요." "두 분 사이가 나빴어요?" "아뇨!" 앞만 보고 열심히 살았는데 내 인생 어디 갔나, 내 인생 찾아야지 했다는 것이다. 나도, 그 남자 직원도 미혼인지라 결혼과 자아 상실 사이에 어떤 연관이 있는지 알 수 없었다. 남자 직원의 이모부가 자아를 잃게 한 주범이 결혼이라고 생각했다는 것만 알았다. 시즈오는 아내가 없다. 시즈오는 자아를 상실케 한 주범이 직장이라고 생각하고 직장을 그만둔 것이다.

읽다 보면 40살이 이렇게 천진난만하다니… 하는 생각이 든다. 그런데 웃을 수만도 없는 것이, 나도 40살에 직장을 그만두었기 때문이다. 미래를 생각해서 공부하겠다며 직장을 그만두었는데, 그냥 직장 다니기가 싫었던 것 같다. 그때 나는 H사의 부서장이었는데 언제부터인가 하는 일이 재미없었다. 책이 좋아서 책 만드는 일을 하려고 H사에 들어갔는데 학습용 교재를 만들게 되었다. 나는 공부하는 건 좋아했지만 교사가 되는 건 자신이 없어 교직을 택하지 않았다. 그런 내가 학습용 교재를 만들어야 하니 죽을 노릇이었다. 대학원에 가겠다며 사표를 냈는데 본부장이 사장하고 면담 자리를 마련했다. 사장은 "아동문학을 공부하려고 한다니, 회사 다니면서 대학원에 다니는 게 어떠냐?"고 제안했다. 지금 생각하면 고맙기 짝이 없는 일인데 그때는 도망가고 싶은 마음뿐이라 "나중에 아무 일도 못하게 되면 그때 일거리 주세요."하며 거절했다. 챙겨야 할 딸이 없었을 뿐, 나도 시즈오와 별 차이가 없었다.

이런 만화를 그리고, 이런 만화를 읽는 이유가 무엇일까. 열심히 살아왔다고 생각했는데, 어느 날 문득 '내가 생각한 삶은 이게 아닌데….' 하는 생각이 들기 때문일 것이다. 40살에 공부를 다시 시작했고 50살이 넘어 박사학위를 받았지만 그걸로 밥벌이는 할 수 없었다. 시간 강사는 할 수 있어도 밥벌이가 되지 않았다. 나는 시간 강사를 그만두었다. 틈틈이 했던 번역 일이 지금은 먹고사는 일이 되었다. 나하고 같이 H사에서 팀장 하던 이가 있다. 지금은 H사의 단행본 대표다. 그 친구는 딱 부러진다. 일하는 데 빈틈이 없다. 그런데 나는 엉성이가 아닌가. 몸 전체가 구멍이다. 주인공 시즈오는 어떻게 될까? 만화가가 되었을까? 얼른 다 읽고 싶다. (2021. 2. 28.)

책, 책, 책

029

친구들과 점심을 먹고 커피를 마시며 이런저런 이야기를 나누었다. 둘 다 작은 출판사를 운영하는 대표들이라 책 이야기를 주로 나누었다. 그러다가 두 사람이 최근에 판 집에 관한 이야기가 나왔다. 한 친구는 작년에 남양주에 있던 집을 팔고 고양시에 집을 샀는데, 집을 팔고 나서 남양주 집값이 두 배 반이나 올랐다고 한다. 최근 남양주에 투기 바람에 불어서 그렇다고. 한 친구가 말을 보탠다. 자기도 행신에 있는 집을 전세 놓고 있다가 세입자가 이사한다고 하는데 전세가 안 나가서 집을 좀 싸게 내놓아서 팔았단다. 팔고 나서 1년 만에 집값이 2억이나 올랐다고 한다. 한 친구는 남양주 집을 팔고 고양시에 집을 샀으니 아주 큰 문제는 아니다. 고양시도 집값이 좀 오른 데다 어찌 되었든 자기

집이 있으니 말이다. 다른 친구가 문제였다. 전세금 갚아 주고 나서 그냥 있었더니 그사이에 집값이 올라 이제는 집 사기가 글렀다는 것이다. 듣다 보니 아니, 이런 사람들이 출판사 대표를 하니 출판이 참 신기한 사업이네 싶다. 1시에 만나 4시 반까지 온갖 이야기를 하다 헤어졌다.

집에 들어와 어제 읽으려고 했던 책을 읽었다. 이 책은 20년간 부산에서 남편 김형준 대표와 함께 어린이청소년 책방 '곰곰이 책방'을 운영했던 노희정 대표의 경험담을 담은 책이다. 서울에서 대기업 다니던 남편이 회사를 그만두고 나서, 둘이서 부산으로 와서 20년이나 책방을 운영했다는 건 보통 일이 아니다. 20년간 어린이 청소년 독자의 성향을 파악하고, 독자에게 맞는 책을 골라 주는 '북 큐레이션'을 했다는 게 대단하다. 이 책에는 적혀 있지 않지만 아마도 노희정 대표가 자잘한 궂은일을 더 많이 했을 것이다. 나도 이 책방에 그림책 강연이 있어 간 적이 있는데, 호텔 잡는 것부터 해서 자잘한 일을 노희정 대표가 말아서 해 주었다. 그렇지만, 그럼에도 불구하고 둘이서 동네 책방을 하면서 부산 지역에 독서문화를 꽃피웠다는 점이 놀랍고 감탄스러웠다. 함께 앞을 내다보면서, 시행착오를 거치면서 한 길을 걸어간 두 사람에 대해 존경이랄까, 그런 마음이 솟아올랐다.

저녁 먹고 나서 그림책 번역을 시작했다. 이 책은 내용이 코믹하다. 토끼 여섯 마리가 아주 커다란 당근 하나를 발견한다. 토끼들은 이 당근으로 뭘 할까 이런저런 생각을 한다. 배를 만들어 바다로 갈까, 비행기를 만들어 저 먼 곳에 가 볼까, 하늘 높이 정원을 만들어 볼까, 커다란 집을 만들까. 이런저런 궁리 끝에 배가 고파져서 당근을 먹어 버렸다는 이야기다. K에게 책 이야기를 해 주었더니 막 웃으며 그런다. "아니, 당근은 토끼가 좋아하는 먹거리잖아? 뭐, 이런저런 생각을 해. 그냥 먹으면 되지!" 그러게 말입니다. 그냥 살면 되는데, 온갖 궁리를 하는 사람과 이 토끼가 뭐 다를까요? 이렇게 말하려다 말았다. 사실 그냥 먹었으면 이 그림책은 나올 수가 없었을 테니까. (2021. 3. 1.)

덧: 이 그림책은 최근 『아주 큰 당근』(토네 사토에 지음, 엄혜숙 옮김, 봄봄, 2021)으로 출간되었다.

서울 나들이

030

오랜만에 서울 나들이를 했다. 코로나19가 무서워서 동네 산책만 했는데, 바쁜 일도 끝나고 친구도 만난 지가 오래되어 나들이를 한 것이다. 경복궁역에서 내려 민속박물관을 거쳐 국립미술관 서울관 쪽으로 가려고 했는데 문이 닫혀 있다. 빙 돌아서 광화문을 지나 걸어갔다. 공기가 깨끗하다. 파란 하늘에 하얀 뭉게구름이 어찌나 탐스러운지 마음이 다 푸근하다.

가장 먼저 간 곳은 갤러리현대. 김민정의 「Timeless(타임리스)」를 보았다. 한지를 모양내어 자르고 가장자리를 불로 태워 색다른 질감을 낸 뒤 이것들을 모아 콜라주한 작품들이다. 작업 과정을 담은 영상이 있는데 모두 다 긴 시간이 담긴 노동의 결과물이었다. 노동은 예술이 아니지만, 예술은 노동일 수밖에 없었다. 모양내어 오리고 난 다음에 남은 한지로 또 다른 작품을 만든 것도 흥미로웠다. 양지가 음지 되고, 음지가 양지가 된다는 게 이런 것일까. 김민정 작가의 작품은 처음 보았는데, 패턴과도 비슷하고 이슬람 미술도 연상된다. 수학적 비율로 환원되는 아름다움이라고 할까.

다음에 간 곳은 학고재갤러리. 「싸우는 여자들, 역사가 되다」라는 이름 아래, 윤석남이 그린 여성 독립운동가 14인의 초상을 전시하고 있었다. 대부분 모르는 인물이었다. 독립운동사도 남성 위주로 발굴되고 연구되기 때문일 것이다. 이 그림들은 전시로 그치는 게 아니라 소설가 김이경의 글과 함께 책으로 묶였다. 앞으로 100명의 여성을 초상화로 표현한다고 하니 기대된다. 다만 초상화에는 인물의 특성이 담겨야 할 터인데, 특성이 부각되지 않고 비슷하게 보였다. 시간이 부족했겠지만 인물들의 차별성이 표현되었으면 더 좋았을 것이다.

그다음에 간 곳은 리만머핀서울. 작은 갤러리이지만 꽤 도전적인 전시를 하는 곳이다. 전에 갔던 적이 있는데, 그때는 성 소수자 작가가 자신의 정체성을 탐구한 작품을 전시하고 있었다. 이번 전시는 세실리아 비쿠나의 「키푸 기록

knot Record」. 고대 안데스의 매듭문자를 차용하여 현대적인 주제들을 표현한 작품들이었다. 회화, 직물 판화, 영상, 시가 결합된 작품들은 기억에 남을 만큼 깊은 인상을 남겼다. 자연물을 가져와 표현한 작품도 좋았다.

그다음에 간 곳은 ONE AND J. GALLERY. 여기는 처음 갔다. 흥승혜, 최하늘, 박경률, 젊은 작가들의 그룹전이었다. 「웃, 음-; 이것은 비극일 필요가 없다 Lau, gh-; Nothing Needs to be a Tragedy」라는 제목에서 젊음의 패기가 느껴졌다. 박경률 작가는 온갖 사조를 혼합한 작품을 만들고 있었다. 가장 흥미로운 작품은 2층에 전시된 라이트와 조소를 결합한 작품. 빛의 크기와 빛깔이 변하면서 벽에 비치는 모습이 달라지는데, 해를 반사하며 모양이 달라지는 달이 생각났다. 젊은 작가들이 패기와 도전 정신을 잃지 말고 계속 작업하기를 바랐다.

정독도서관에도 들렀다. 친구가 빌릴 책이 있다고 했다. 친구는 서울시민이라 정독도서관 회원이다. 경기도민도 책을 빌릴 수 있는지 물었더니 가능하단다. 고양시에서 책이음회원이 된 다음 정독도서관에 와서 회원증을 만들면 된다. 당장 빌릴 책은 없지만 회원증을 만들어 볼까. 북악산이 푸근하게 정독도서관을 품에 안고 있었다. (2021. 3. 2.)

하늘과 바람과 별과 시

031

젊을 때, 윤동주의 「서시序詩」(『하늘과 바람과 별과 시』, 정음사, 1977)를 좋아했다. 그때는 앞의 네 연을 좋아했다. 오늘 이 시집을 펴 보고 살짝 놀랐다. '죽는 날까지'란 구절을 완전히 잊고 있었던 것이다. 젊고 정의파인 사람은 대개 '하늘을 우러러 한 점 부끄럼이 없기를'이란 구절을 좋아한다. 여기에 '죽는 날까지'를 더하면 상당히 무거운 다짐이 된다. '비록 죽는다 하더라도, 죽을지언정…' 하는 의미가 되기 때문이다. 그러나 마음을 그렇게 먹었다고 해도 그렇게 살기는 쉽지가 않다. 그러기에 '잎새에 이는 바람에도 나는 괴로워했다.'는 고백이 나오는 것이다. 나는 '잎새에 이는 바람에도' 괴로워할 만큼 섬세한 사람이 아니었지만, '그런 마음을 갖고 살도록 해야지.' 하고 생각했던 것 같다.

요즘은 뒤의 네 연을 좋아한다. 특히 이 구절이 좋다. '별을 노래하는 마음으로 모든 죽어가는 것을 사랑해야지.' 여기서 별은 영원한 것, 변치 않는 것, 아름다운 것, 썩지 않는 것, 이런 것을 의미할 것이다. 별을 노래하고 있지만, '나'는 별 같은 존재가 아니다. '나'는 '죽어가는 것'이다. 물론, 여기서 '죽어가는 것'은 '살아 있는 것'이기도 할 것이다. 살아 있어야 죽어 갈 수 있으니까. 여기서 시인은 범위를 넓혀 '모든 죽어가는 것'을 언급한다. 그 말은 곧 모든 살아 있는 것, 지금 살아 있지만 언젠가는 죽게 될 모든 것, 썩을 것, 사라질 것을 사랑해야겠다는 다짐일 것이다. 내가 이 구절을 좋아하게 된 것은 죽음을 생각할 수 있는 나이가 되어서일 것이다. 죽음이 먼 곳에 있는 게 아니란 것을 깨달았기 때문일 것이다.

어느 날, 저녁별을 보면서 걸을 때였다. 내가 K에게 "별을 노래하는 마음으로 모든 죽어가는 것을 사랑해야지." 이 구절이 좋다고 말했더니 자기는 이 구절이 좋다고 했다. "오늘밤에도 별이 바람에 스치운다." 아마 K에게는 바람이 좀 차가웠던 모양이다. "그리고 나한테 주어진 길을 걸어가야겠다."는 자신에게 주어진 길을 회피하지 않겠다는 것, 묵묵히 그 길을 가겠다는 다짐일 텐데, 둘 다 그 구절에 대해서는 그리 길게 대화 나누지 않았다. 어차피 그렇게 살 수밖에 없을 테니까.

윤동주는 1917년 12월 30일 북간도 명동촌에서 태어났다. 이 시를 썼을 때 윤동주는 스무 살이 좀 넘은 젊은이였다. 그 젊은이가 느꼈던 '별'과 '바람'과 '모든 죽어가는 것'에 대해 잠시 생각해 보았다. (2021.3. 3.)

포도주 한 병, 빵 한 조각

032

오늘은 동네 주변을 크게 한 바퀴 돌았다. 지렁동 논밭에 농부들이 나와서 일하고 있었다. 밭에는 거름이 쌓여 있고, 논에는 물이 출렁이고 있었다. 지렁동을 지나 아파트들이 늘어서 있는 곳으로 돌아와 학교와 가게들을 지났다. 그러고는 대장천 쪽으로 가서 대장천을 따라 걸었다. 어제와 마찬가지로 기러기들이 논에서 먹이를 먹고 있다. 겨울에는 밝은 대낮에 사람이 오가는 길 가까운 논에서 먹이를 먹지 않았다. 긴 여행을 떠나기 전에 든든히 먹이를 먹어 두어야 하기 때문일까. 대낮에 길 가까운 논에서 먹이를 먹는다. 그만큼 철새들에게 긴 여행은 목숨을 건 여행이기 때문일 거다.

두 시간 넘게 걷고 나서 중국 음식점에 갔다. 사천식 탕

수육 하나와 짜장면 하나, 소주 한 병을 주문했다. 최근에 생긴 음식점인데 음식이 정갈하고 맛있다. 둘이서 먹다가 문득 오마르 하이얌의 시가 생각나서 K에게 말했다. "시집 한 권, 빵 한 조각, 술 한 병, 그리고 네가 있으니 이곳이 낙원"이란 시가 있다고. 그랬더니 K가 그런다. "그 시가 나쁘지는 않지만 '너'가 단수여서는 안 될 거 같아. '너'가 단수면 배타적인 게 되잖아? '너'가 아니라 '너희들'이나 '여러분'이 되어야 할 거 같아." "아, 그러면 더 좋지!" 나는 낙원에 그다지 많은 것이 필요하지 않다는 것을 생각하고 말한 건데, K는 낙원이라도 '우리들만의 낙원'이어서는 안 된다고 생각하는 것이다. 내 의도와는 반응이 달랐지만 또 다른 생각을 하게 되어서 좋았다. 조촐한 음식과 술, 책, 그리고 좋아하는 사람들, 이것만으로도 낙원은 펼쳐지는 것이다. 그러고 보니 빨간 모자가 할머니에게 가져갔던 음식도 빵과 포도주였네. (2021. 3. 4.)

취미

033

취미가 책 사기란 걸 얼마 전에 알았다. 취미가 책 읽기인 줄 알았는데 아니었다. 알라딘 인터넷 서점에서 『북유럽 자수 노트』란 책을 샀다. 자수를 하고 싶어서가 아니었다. 아오카 카즈코란 이가 북유럽 자수 그림과 함께 자수하는 방법을 담은 책을 냈는데, 자수가 아름다워서 산 것이다. 띠지에 이런 말이 적혀 있다. '북유럽 자연을 닮은 심플하고 아름다운 자수.' 언젠가 기회가 되면 자수를 놓을지도 모른다. 하지만 당분간은 그럴 일이 없을 거 같다. 가끔 책을 펴서 자수를 보면 기분이 좋아진다. 책을 읽는 건 아니지만, 책을 보는 건 사실이다. 그러면 충분하지, 뭐. 보기만 해도 마음이 즐거운 책이 얼마나 되나.

또 하나는 『STINA』(LANI YAMAMOTO)라는 그림책

이다. 이 책은 표지가 마음에 들어서 샀다. 파란 헝겊 표지에 털실로 짠 무늬가 있고, 그 한가운데에 초록 목도리를 두르고 갈색 모자를 쓴 어떤 아이가 눈과 이마를 내놓고 있는 그림이 있다. 이 책은 내용도 안 보고 샀다. 책방에서 표지를 보고 덥석 샀다. 집에 와서 보니 TINA라는 여자아이가 눈 오는 창밖을 바라만 보다가 바깥에서 두 아이가 들어와 서로 친구가 되는 이야기다. 목도리는 코바늘이 아니라 손가락을 이용해서 짠 것이다. 그림책 면지에 '바늘 없이 뜨개질하는 법'과 '티나의 코코아'라는 부록이 있다. 표지가 아름다워서 구입한 책이라 표지가 잘 보이게 책장에 세워 놓고 있다. 책이라기보다는 그림 같은 역할을 하고 있는 것이다.

또 뭐가 있나? 『잡초 치유 밥상』이란 책이 있다. 순천에 그림책 강의하러 갔다가 순천역 가까이에 있는 숨다책방에 들렀다. 순천을 담은 책들과 독립출판물을 살펴보다가 이 책을 만났다. 집 주변에 있는 풀들, 이른바 잡초를 갖고 만든 음식 모음집이었다. 책을 훑어보다가 깜짝 놀랐다. 지은이가 권포근·고진하라고 되어 있어서였다. 고진하 선생님은 시인으로 예전에 내가 비룡소 편집장일 때 『코를 킁킁』(루스 크라우스 글, 마르크 시몽 그림, 비룡소)이란 그림책을 번역한 적이 있었다. 이 책은 이제 『모두 행복한 날』(시공사)이란 이름으로 나오고 있다. 그때가 1996년이었을 것이다. 25년 만에 '국내 유일 잡초 연구가'가 되어서 책으로 만난 것이다. 고진하 선생님 근황도 궁금하고, 도대체 어떤 음식을 담고 있나 궁금해서 책을 샀다. 집에 돌아와 잘 보이는 데 꽂아 두고 잊고 있었다. 오늘 펴서 살펴보니 내용이 알차다. 올해는 이 책을 펴서 조금씩 읽어 보고 음식도 만들어 볼까 한다.

오늘 주문해서 받은 책은 『할아버지의 마지막 모험』(울프 스타르크 글, 키티 크라우더 그림, 이유진 옮김, 살림)이다. 이 책은 키티 크라우더를 좋아해서 샀다. 한국에 출간된 키티 크라우더의 그림책은 거의 다 갖고 있는데, 일러스트레이션이 어떤지 궁금하다. 물론 잘 그렸겠지. 책 만드는 일을 해서 돈을 버니까 책 사기가 취미여도 큰 문제는 아니라고 생각한다. 무슨 내용일까. 얼른 읽어 보고 싶다. (2021. 3. 5.)

밤

034

자카리아 무함마드 시인의 시 「밤」(『우리는 새벽까지 말이 서성이는 소리를 들을 것이다』, 오수연 옮김, 강, 2020)을 읽었다. 시인은 밤을 '검정말'로 표현하고 있다. 밤이 되어 마을이 차츰 어두워져 가는 모습을, 검정말이 언덕에서 풀과 꽃을 먹어 치우고, 내리막길을 따라 걸어와 마을로 온다고 표현한다. 밤을 살아 있는 생명체처럼 표현하는 것이다. 밤이 오면 집마다 불을 켜는데, 이것도 말이 지나는 집마다 불을 켠다고 표현한다. 가로등이 들어오는 것도 말이 발굽을 두드리기 때문이라고 한다. 이 시에서 검정말은 마음을 편안하게 만드는 말이 아니다. 왜냐하면 이 말은 밤새 다가다각 소리를 내며 서성이는 말이기 때문이다. 이 말의 발굽 소리를 듣는 사람은 절대 편안할 수가 없다. 새벽이 되어 날이 밝을 때까지 밤새 서성이는 말발굽 소리를 들어야 하니까.

이 시를 읽고 똑같은 밤이라도 사람에 따라 얼마나 다르게 느끼는지 알게 되었다. 낮에 고단하게 일하더라도 밤에 편안히 쉴 수 있다면 그는 행복할 사람일 것이다. 낮에 힘겹게 일하고도 걱정거리가 있거나 근심이 있어서 잠들지 못한다면 그는 절대 행복할 수가 없을 것이다. 몸은 피곤한데 신경이 곤두서서 잠들지 못한다면 그것보다 힘든 게 없을 것이다. 이 시에서 화자인 '우리'는 밤새 '말이 서성이는 소리'를 듣는다. 그 소리는 우리 속에서 멈추지 않고 들려오는 양심의 소리일 수도 있고, 아무리 애써도 외면할 수 없는 걱정거리일 수도 있을 것이다. 피곤해서 쉬고 싶은데도 잠들지 못하는 괴로움은 겪지 않은 사람은 모를 것이다. 고문 중에서도 잠 못 자게 하는 고문이 가장 괴롭다고 하지 않는가.

어쩌면 시인은 모두가 다 잠든 밤에 깨어 뭔가를 생각하고 느끼는 사람인지도 모르겠다. 그러나 시인은 화자를 '나'나 '너'나 '그'라고 하지 않는다. 화자를 단수가 아니라 복수인 '우리'로 설정하여, 밤새 깨어 있는 사람이 혼자가 아니며 '나와 너, 곧 우리'라고 말하고 있는 것이다. 공자는 언젠가 '德不孤 必有隣(덕불고 필유린)', 즉 '덕은 외롭지 않다. 반드시 이웃이 있다'는 말씀을 했다. 공자는 그만큼 외로웠던 것인지도 모른다. 이 시를 쓴 시인은 한밤중 외로움 속에서 그 외로움에 지지 않고 자신의 이웃을 불러내며 '우리'라고 말한다. 어쩌면 '나'에서 '우리'로 가는 길에서 서성이는 이가 바로 시인일지도 모르겠다. (2021. 3. 6.)

노래는 힘이 세다

035

"웃음 짓는 커다란 두 눈동자 긴 머리에 말 없는 웃음이 라일락 꽃향기 흩날리던 날 교정에서 우리는 만났소…." 얼마 전에 텔레비전에서 이 노래를 들었다. 조영남과 송창식이 어떤 프로그램에서 이 노래를 함께 불렀다. 그날 이후 나도 모르게 이 노래를 자주 흥얼거린다. 오늘 인터넷에서 이 노래를 찾아 듣고 가사도 찾아보았다. 윤형주와 송창식이 부르는 노래, 윤형주와 송창식과 김세환이 함께 부르는 노래도 들었다. 피지섬 민요에 윤형주가 가사를 붙였다고 한다. 평소에 윤형주 목소리가 너무 가늘다고 생각했는데 이 노래에는 잘 어울렸다. 대학생이라고 하면 다 큰 어른 같지만 청소년을 갓 넘긴 시기가 아닌가. 그런 여리고 풋풋한 감성을 표현하는 데는 가늘고 얇은 목소리가 제격이었다.

나는 대학 때도 짧은 커트 머리였고, 교정에서 누구를 만난 적도, 찻집에 밤늦도록 마주 앉아 낙서를 한 적도 없다. 나의 대학 시절은 낭만하고는 거리가 멀었다. 그렇지만 이 노래를 들을 때마다 떠오르는 장면이 있다. 대학 1학년 때다. 그때는 과별 모집이 아니라 단과대학별 모집이었다. 가나다순으로 반이 나뉘었는데, 나는 문과대 C반이었다. 처음으로 C반 모임을 하는 날, S라는 여학생이 이 노래를 불렀다. S는 긴 머리에 말수가 적고 말없이 웃곤 하는 아이였는데, 말투에 경상도 사투리가 좀 묻어 있었다. S는 이 노래를 마음을 담아 불렀다. 서울 와서 처음 만나는 대학 친구들에게 마음을 담아 보내는 편지 같은 노래였을 것이다. 그래서일까? 이 노래를 들을 때마다 S의 모습이 떠오른다. S는 영문과를 갔고 둘이서 길게 이야기조차 나눈 적이 없는데, 이 노래를 들으면 늘 긴 머리에 이마를 갸우뚱한 채 노래하던 그때 그 S의 모습이 떠오르는 것이다.

노래와 함께 생각나는 인물이 또 있다. 2학년 때인지 3학년 때인지 모르겠다. 4월 어느 날 청송대에서 있던 일이다. 봄날 햇볕을 쬐며 이런저런 이야기를 나누고 있었다. 그때 한 선배가 일어나더니 4월의 노래를 불렀다. “목련꽃 그늘 아래서 베르테르의 편질 읽노라. 구름꽃 피는 언덕에서 피리를 부노라. 아아 멀리 떠나와 이름 없는 항구에서 배를 타노라….” 76학번 선배였다. 그때 군대 갔다 온 선배들은 다 아저씨처럼 생각했다. 그런데 노래를 어찌나 잘 부르는지 그날 거기 있던 모두가 그 선배 팬이 되었다. 나도 “와아!” 하는 심정으로 그 노래를 들었다. 그 선배는 곧 졸업했고, 지금은 이름조차 기억나지 않는다. 그래도 4월의 노래를 들으면 그때 그 봄날 그 선배가 노래하던 모습이 떠오르고, 몇이서 둘러앉아 노래 듣던 모습이 눈에 선하다.

노래는 힘이 센 모양이다. 기억의 지층에 묻혀 있던 일들을 선명하게 끄집어내니 말이다. 두 노래 모두 봄빛이 가득한 노래였다. (2021. 3. 7.)

오늘은 나도 탐조인

036

늦은 아침 겸 빠른 점심을 먹고 있는데 L에게서 전화가 왔다. 오늘 시간 괜찮으면 3시나 3시 반쯤 중랑천으로 탐조를 가자는 것이었다. 그곳에는 흰죽지가 3천여 마리나 있다는 것이었다. 점심 먹고 나서 한의원에 들렀다가 K하고 동네 길을 걸을 참이었지만, 이런 기회를 흘려보낼 수가 없었다. 3시 반에 만나기로 하고 전화를 끊었다. 시계를 보니 11시 40분, 한의원은 오후 1시부터 점심시간일 터였다. 한의원에 전화를 해 보니 맞다. 1시부터 2시까지 점심시간이란다. 2시에 예약을 했다. 2시 반에 전철을 타면 3시 반에 한양대역에 도착할 수 있을 터였다. 한의원에서는 계획대로 잘 진행되었는데, 전철 환승을 하면서 다른 방향으로 가는 바람에 10분쯤 늦게 도착했다. 한양대역에서 L을 만나서 중랑천으로 갔다. L은 그림 덕분에 알게 된 친구인데, 요즘 탐조에 빠져 부부가 함께 탐조 활동을 한다. 부부 둘이서 또는 친구들과 여기저기 새 보러 다닌다. 얼마 전에는 탐조하러 갔다가 고생한 얘기를 들려준다.

우리가 간 곳은 중랑천이 한강으로 이어지는 곳이었다. 걸어가면서 망원경으로 보니 물닭, 넓적부리, 흰뺨검둥오리, 청둥오리, 고방오리, 알락오리, 쇠오리, 원앙, 가마우지, 왜가리, 흰비오리, 흰죽지, 논병아리, 뿔논병아리, 갈매기가 보였다. 한강이 얼마나 크고 풍성한 강인지 실감했다. 우리 동네 대장천에서 물닭 네 마리, 넓적부리 한 마리 보고서 가슴 두근두근했는데, 여기 한강에는 물닭도 엄청 많고 넓적부리도 엄청 많다. 동네 개천하고 한강하고는 격이 다른 것이다. 나는 원앙, 뿔논병아리, 고방오리를 오늘 처음 보았다. 걷다가 덤불 속에서 딱새도 보았다. 처음에는 딱새인 줄 몰랐고 주홍가슴 새가 있어서 잠깐 멈춰 서서 보았는데, L에 따르면 그게 딱새란다.

가장 기억에 남는 건 흰죽지 무리였다. 잠수성 어류인 흰죽지는 한강 한가운데 떼 지어 있었는데, 그 떼가 어마어마하게 컸다. 멀리서 보면 흰죽지 한 마리는 작은 점 같다. 가까이 가서 망원경으로 보니 하나하나가 다 새들이었다.

갈색 머리, 검정 머리를 한 새들이 너무나도 사랑스러웠다. 저 점 같은 형상 하나하나가 모두 다 생명을 지닌 존재라는 생각과 함께 경이롭다는 마음이 절로 생겼다. 커다란 타원형을 이룬 흰죽지 무리를 보니 별들이 빼곡하게 모인 은하수가 생각났다. L에게 그 이야기를 했더니 막 웃는다. 나도 왜 그런 생각이 났는지 모르겠다.

옥수역까지 한강을 보며 걸었다. 옥수역에서 일본식 라멘을 한 그릇 먹고, 녹차라떼를 마시고, L과 함께 전철을 탔다. L은 독립문에서 내리고, 나는 화정에서 내려야 했는데, 식곤증 때문일까. 깜빡 졸다가 대곡역까지 갔다. 덕분에 한 정거장 다시 돌아와야 했다. 많은 새들이 이제 곧 한강을 떠난다고 한다. 새들아, 안녕. 또 만나자. (2021. 3. 8.)

커피 한 잔

037

아침에 일어나면 일단 물을 한 잔 마신다. 그리고 달걀을 한 알 먹고 커피를 한 잔 마신다. 빵 한 쪽을 더 먹을 때도 있고, 사과 한 알을 더 먹을 때도 있다. 전날 과식했을 때는 달걀과 커피로 그칠 때도 있다. 아침을 간단히 먹는 건 이유가 있다. 밤늦게 자거나 새벽에 자는 K는 아침을 안 먹기 때문에 점심부터 먹는다. 그러면 나는 아침도 먹고 곧 점심도 먹어 과식하게 된다. 예전에는 과식해도 괜찮았는데, 언제부터인가 과식하면 소화가 잘 안 된다. 이것도 노화현상이겠지.

그다음에 일단 책상에 앉는다. 이때 커피를 한 잔 더 마신다. 커피를 마시면서 오늘 할 일을 스케줄러에 적는다. 회사에 다닐 때도 늘 이렇게 하곤 했다. 매달 회사에서는 일정회의를 했다. 그러면 부서마다 팀마다 한 달 할 일이 정해진다. 그 일을 완료하기 위해서는 각자 일정을 짜고, 자신이 할 일과 남에게 맡길 일을 배분해야 한다. 회사 다니면서 배운 건, 혼자 하는 작업이 아닌 한 일정을 잘 짜고 의사소통을 제대로 하는 게 중요하다는 점이다.

급한 일이 있으면 집중이 잘 된다. 늘 산만한 인간이지만 그때만큼은 집중력이 최고가 된다. 하지만 딱히 급한 일이 없을 때는 책을 뒤적이거나 메일을 확인하거나 한다. 일과 관계된 메일도 있지만, 여기저기서 오는 뉴스레터도 있고, 정기적으로 받는 작가 통신도 있다. 페북을 볼 때도 있는데, 사진을 보거나 긴 글을 읽을 때가 아니면, 책상에 앉아서는 페북을 보지 않는다. 페북에 들어가면 시간이 훽 지나는데, 책상에 앉아서 그렇게 시간을 보내고 싶지 않기 때문이다.

커피 얘기가 나와서 말인데, 예전에는 여자가 카페에 가지 못했다고 한다. 카페는 남자들이 모여서 커피를 마시며 세상사를 논하는 곳이었다. 바흐의 커피 칸타타를 들으면, 커피를 좋아해서 마시려는 딸과 커피를 마시지 못하게 막는 아버지가 나온다. 영리한 딸은 커피 마시는 것을 허용하는 젊은 남자를 만나 결혼한다. 카페에 여자들이 앉아서 커피를 마시고 디저트를 먹으며 이야기 나누는 것은 100년 전만 해도 보기 드문 풍경이었던 거다.

어제 L을 만나 중랑천과 한강의 새를 보며 놀다가 저녁을 먹고 나서 음료를 마시러 갔다. L이 커피 마시면 잠을 못 잔다고 하고, 나도 커피는 집에서 마시면 되니까, 녹차라떼와 딸기라떼를 주문했다. 주변을 둘러보니 앞 테이블에도 남자들이 음료를 마시고 있고, 옆 테이블에도 남자들이 슈크림을 먹고 있었다. 술 먹는 남자들만 보다가 커피며 디저트를 먹는 남자들을 보니 신기했다. 하기야 맛난 디저트를 여자만 먹어서야 되겠는가. 남자도 누려야지.

우리 집 K도 결혼하기 전에는 커피를 거의 마시지 않았다. 결혼 전에는 둘이 책방 같은 데서 만나서 밥을 먹거나 식사에 곁들여 막걸리나 소주를 마셨다. 찻집에서 커피를 마시면서 얘기 나누어 본 적이 거의 없는 거 같다. 결혼하고 나서 내가 식후에 커피 한 잔 마시는 바람에 K도 커피를 마시게 되었다. 함께 살면 서로 닮아가나 보다. 요즘은 밥 먹고 나면 K가 커피 한 잔 마시자고 한다. 다행히 나도 K도 커피 때문에 잠을 못 자지는 않는다. 그래도 커피를 너무 많이 마시는 건 좋지 않은 것 같아 하루에 한 번만 커피를 내린다. (2021. 3. 9.)

미나리

038

동네 극장에서 영화 「미나리」를 보았다. 한국에서 살던 두 사람이 부부가 되어 미국에서 고단한 생활을 한다. 병아리를 감별하며 돈을 벌지만 농사짓고 농장을 하며 살고 싶은 남편과, 심장병 앓는 아들과 딸의 교육을 생각해서 좀 더 나은 환경에서 살아야 한다고 생각하는 아내. 이들은 한국에서 살 때 "사랑해 당신을~" 하고 노래 부르던 달달한 사이였다. 꿈을 품고 미국에 왔으나 이들을 기다리는 건 고단한 삶과 서로를 갉아먹는 다툼뿐. 그러다가 한국에서 친정어머니가 온다. 아이들에게는 할머니가 낯설다. 쿠키도 굽지 않고, 남자 팬티를 입고, 글자도 모르고, 화투를 치는 할머니. 할머니는 미나리 씨를 가져와서 개울가에 뿌린다. 아이들이 할머니와 친해질 무렵, 할머니는 풍에 걸려 한 손을 못 쓰게 된다. 식구들이 집을 비운 사이에 할머니는 쓰레기를 태우다 집에 불을 내게 되고, 애써 키운 농작물이 있는 창고가 다 타고 만다. 딸네 가족을 도우려고 온 할머니가 딸네 가족에게 시련을 안겨 주는 것이다. 영화는 의외의 반전으로 끝난다. 불타는 창고에 들어가 농작물 꺼내는 남편을 보고, 남편과 헤어지려고 마음먹었던 아내는 함께 농작물을 꺼낸다. 극한 상황에 처하자 상대방을 내버려둘 수 없음을 깨닫게 된 것이다. 아빠와 아들이 미나리 뜯는 장면으로 이 영화는 끝난다.

이 영화는 아메리칸드림을 다룬 영화다. 80년대만 해도 한국은 못사는 나라였고, 미국에 간다는 것은 꿈을 찾아 새로운 세계로 가는 것이었다. 이 영화에서 여성 캐릭터를 주목해 보았다. 일 나간 부모를 대신해서 누나는 심장이 약한 남동생을 돌본다. 남편의 꿈을 실현하기 위해 아내는 묵묵히 일한다. 아내가 남편과 다투는 이유는 자신이 힘들어서가 아니다. 병원이 가까이 있어야 하는 아들과, 좋은 교육환경이 필요한 딸 때문이다. 남편은 자신이 '병아리 감별사'로 삶을 마칠 수 없다고, 아이들에게 아빠가 뭔가 하는 것을 보여 주고 싶다고 한다. 두 사람은 삶에 대한 자세 때문에 부딪친다. 남편은 꿈을 추구하려고 한다. 아내는 아이들을 우선 생각해야 한다며 딴지를 건다. 딸과 함께 살려고 미국으로 온 할머니는 어떠한가. 가족 말고는 아는 사람도 없고, 꼭 실현하고 싶은 것도 없다. 그냥 자식을 도우려고 온 것이다.

나는 이 영화를 보면서, 이른바 큰 뜻은 남자들이 품지만 여자들의 보이지 않는 노동이 그 뜻을 실현하게 만든다고 생각했다. 사실 남의 도움 없이는 그 누구도 자신의 꿈을 실현할 수 없다. 할머니, 엄마, 딸이란 이름으로 여성은 사위를 돕고, 남편을 돕고, 남동생을 돕는다. 고단하지만 행복한 가족의 삶이 그렇게 유지되는 것이다.

백과사전에서 미나리에 대해 찾아보았다. 배추가 한반도에 들어오기 전에는 무로 겨울 김치를 만들어 먹었단다. 봄이 되면 미나리로 김치를 만들어 먹었는데, 그게 참으로 별미였다고. 봄 미나리는 입맛을 돋우는 으뜸가는 식재료였던 것이다. '미나리를 뜯는다'는 말은 본래 시경에 나오는 말로, 수많은 사람 중에 인재를 뽑는다는 의미란다. 이 영화에서 미나리는 물만 있으면 어디서나 잘 자라는 강인한 생명력의 상징이다. 조만간 미나리 한번 먹어야겠다. (2021. 3. 10.)

순천만을 걷다, 보다

039

어젯밤 순천 도그책방에서 북스테이를 했다. 오전 8시에 근처 사는 주인장이 책방으로 왔다. 커피만 한 잔 마시고 순천만으로 출발했다. 어제저녁 늦게까지 둘 다 이것저것 먹고 마시는 바람에 배를 비울 필요가 있어서였다.

오전 9시 되기 전에 순천만에 도착했다. 근처 사는 이가 와서 합류했다. 어제저녁에 책방에서 이런저런 이야기를 나눈 이였다. 조금 뒤 생태해설사 한 분이 또 왔다. 이분은 책방 주인장과 친구 사이였다. 이분은 우리에게 순천만은 바다와 민물이 만나는 기수역이라는 것, 갈대가 유명하다는 것, 천연기념물인 흑두루미가 겨울에 와서 봄에 떠난다는 것을 알려 주었다.

때마침 흑두루미 떼가 날아올라 사진을 찍었다. 조금 뒤

흑두루미 세 마리가 하늘을 난다. 생태해설사 분이 "흑두루미는 하늘을 날 때 앞에는 아빠가, 뒤에는 엄마가, 가운데는 아이 흑두루미가 날아요." 한다. 아이가 북쪽으로 비행할 수 있게 아빠 엄마가 앞뒤에서 엄호하면서 훈련시키는 것이다.

배를 타고 순천만을 보고 싶었으나 6명 이상이 되어야 배가 출발한다고 했다. 우리 일행은 세 사람이었다. 찻집에서 갈대차를 마시며 쉬는데 6명 인원이 찼다고 연락이 왔다. 기쁜 맘으로 배에 올랐다. 배에서 보는 순천만은 그야말로 장관이었다. 처음에는 유리창 너머로 바라보다가 선실 밖으로 나가 순천만을 바라보았다. 물, 물, 물. 그리고 새, 새, 새들. 청둥오리, 흰뺨검둥오리, 저어새, 갈매기. 그리고 끝없이 펼쳐진 갈대밭. 만이란 게 이런 거구나! 배를 타고 지나면서 만이란 게 어떤 것인지 실감했다.

배에서 내렸다. 근처에 사는 이는 점심 약속이 있어 가고 나와 책방 주인장, 둘이서 천문대에 올랐다. 낮의 천문대는 전망대였다. 흑두루미 떼가 먹이 활동 하는 게 고스란히 보였다. 천문대에서 내려오니 빨간 꽃을 잔뜩 단 커다란 나무가 한 그루 보였다. 동백나무였다. 누군가 동백나무 아래 떨어진 동백 꽃잎을 모아서 하트 모양으로 만들어 두었다.

떨어진 동백꽃잎마저도 그냥 두기에는 아까웠던 모양이었다.

순천만 근처 식당에서 꼬막 비빔밥과 짱뚱어탕으로 점심을 먹었다. 아까 수고해 주신 생태해설사 분도 초대해서 같이 밥을 먹었다. 점심 먹고 나니 12시 반. 도그책방으로 돌아와 커피 한 잔 마시고 순천그림책도서관으로 강의하러 갔다. 1시 반부터 4시 반까지 순천시민들과 즐겁게 그림책 이야기를 나누었다. (2021. 3. 11.)

놀라운 일,
놀라운 세상

040

내가 순천에서 순천만 갈대밭과 새들, 커다란 물을 보고 놀라는 동안, K도 동네 대장천에서 놀라운 일을 경험했다. 하나는 대장천에서 원앙을 보았다는 것. 우리 둘이 1년 넘게 대장천 주변을 걸었어도 원앙은 한 번도 보지 못했다. 그런데 우리가 노랑부리저어새 10마리를 본 곳에서 원앙을 보았다는 것이다. 새나 별이나 우리가 보고 싶다고 보는 게 아니라 우리에게 나타나 주어야 본다는 생각을 다시 한 번 했다. 저번에 도촌천에서 노랑부리저어새 날아오는 모습을 찍었을 때도 그랬다. 마침 스마트폰을 들고 뭔가 찍으려던 참인데 내 앞으로 새 두 마리가 날아왔다. 그래서 셔터 버튼을 눌렀는데, 나중에 보니까 하늘을 나는 노랑부리저어새였다. 그때는 백로가 날아오는 줄 알았는데, 아니었다.

또 한번은 K가 대장천에서 청둥오리하고 비슷한 새를 보았다는 거다. 사진과 영상을 보고 나는 '청둥오리 돌연변이가 아닐까?' 생각했고, K는 '봄이 되어 청둥오리에게 혼인색이 나타난 게 아닐까?' 추측했다. 도처에 전문인이 있는지라 내가 페북에 사진과 영상을 올리며 '궁금해요.' 하고 물었다. 청둥오리 암컷이 아닐까, 원앙 암컷이 아닐까, 청둥오리 교잡종이 아닐까 하는 의견이 있었다. 그러다가 이우만 화가가 '청둥오리와 흰빰검둥오리의 교잡종 같다. 구글에 mallard spot-billed hybrid를 찾아보면 이와 비슷한 이미지가 많이 나온다.' 하고 알려 주었다. 그랬다. 돌연변이도, 혼인색도 아니었다. 같은 오리과라 교잡종이 가능했던 거고, 그걸 마침 대장천에서 보게 된 것이다.

도그책방에서 『바보 야쿠프』란 그림책을 샀다. 이 책의 주인공 야쿠프는 계속 뭔가를 떨어뜨린다. 넘어지기도 하고, 글자도 제대로 못 읽는다. 주변 사람들에게 바보 취급을 당하는 야쿠프. 야쿠프는 글자를 잘 읽는 아일라를 부러워한다. 자기에게는 글자가 날아다니는 파리처럼 보이는데, 아일라는 또박또박 잘 읽기 때문이다. 어느 날, 야쿠프는 학교에서 집으로 돌아오는 길에 아일라가 나무에 올라갔다가 내려오지 못하는 걸 본다. 아일라는 개를 무서워하는데,

개를 만나자 나무 위로 올라갔던 것이다. 야쿠프는 나무로 올라가 아일라를 나무에서 내려오게 해 준다. 그리고 더 높이 걸려 있는 아일라의 가방도 내려 주려다가 그만 나무에서 떨어진다. 아일라의 집으로 함께 간 야쿠프. 야쿠프는 아일라의 집에서 안경을 보고, 안경을 써 본다. 그러자 주변이 또렷하게 보이는 게 아닌가. 야쿠프는 아르바이트 비를 가불해서 안경을 사서 쓰고, 아일라에게 글자를 배운다. 야쿠프는 글자도 잘 읽게 되고, 다트 대회에서 우승까지 한다. 야쿠프는 눈이 나빴던 거지 바보가 아니었던 거다.

"나는 내가 모른다는 걸 안다."는 말을 소크라테스가 했다고 한다. 그게 무슨 뜻인지 알 것 같다. 우리가 알고 있는 건 세계의 아주 작은 부분이다. 모르는 게 더 많다. 그러니 안다, 모른다에 매달리기보다 내 자신의 마음에 귀 기울이며 즐겁게 사는 게 좋겠다. (2021. 3. 12.)

성장한다는 것

041

『옛이야기의 힘』(신동흔, 나무철학, 2020)을 함께 읽고 있다. 줌 덕분에 매달 한 번씩 만나 대화를 나누고 있다. 이 책은 이야기와 인간, 성장과 독립, 호모 에로스, 세상과의 대면, 성공과 행복, 이렇게 5파트로 되어 있다. 널리 알려진 그림 형제 민담과 그에 비해 덜 알려진 우리나라 민담이나 중국 소수 민족 민담을 비교하면서 필자가 독자에게 말하는 방식으로 쓰여 있다. 오늘은 부모와 자식 간의 관계를 다룬 2번째 파트를 읽고 대화를 나누었다.

오늘 대화 나눈 민담 중에 「별별털복숭이」란 게 있다. 이 민담에서는 딸과 결혼하려는 아버지가 나온다. 신동흔 교수는 이 아버지를, 딸을 자기와 다른 개체로 보지 못하고 독점하려는 아버지의 모습이라고 해석한다. 또, 자기와 같은 여자가 아니면 결혼하지 말라는 왕비의 발언도 남편을 독점하려는 아내의 모습이라고 본다. 지나친 독점욕이 이 가족을 무너뜨리고 있는 것이다. 이때 공주가 취한 전략은 무엇일까? 일단 '시간 끌기'다. 드레스 세 벌과 온갖 짐승의 털가죽을 모아 망토를 만들어 달라고 해서 결혼을 미룬다. 딸은 자기 신분을 드러낼 수 있는 물건 세 가지—황금 반지, 황금 얼레, 황금 물레—를 갖고 결혼식 전날 궁전을 떠난다. 공주가 궁전을 떠난다는 것은 죽을 각오를 했다는 뜻이다. 그리고 낯선 궁전에 가서 부엌데기 일을 하며 살아간다.

공주가 '일', 즉 노동을 한다는 것은 지금까지와는 완전히 다른 방식으로 살아가는 것을 의미한다. 「헨젤과 그레텔」에서도 그렇고 「오누이」에서도 그런데, 처음에 집을 떠날 때는 오빠가 누이동생보다 현명하다. 그러나 집을 떠난 뒤 누이동생은 허드렛일을 하면서 오빠보다도 더 현명해진다. 공주는 부엌에서 허드렛일을 하면서 현명해지고, 한 나라의 왕비가 될 만한 품격을 갖추게 되는 것이다.

우리나라 민담에도 비슷한 유형의 이야기가 있었다. 통영에 있는 「옥녀봉」 전설이다. 어머니가 죽자 아버지는 딸 옥녀를 젖동냥을 해서 키운다. 딸이 자라자 아버지는 딸을 여자로 보고 성적인 관계를 요구한다. 딸은 자기가 옥녀봉 꼭대기에 있을 테니까 음매음매 소 흉내를 내면서 올라오라고 한다. 아버지가 그런 모습으로 올라오는 것을 보고 딸은 옥녀봉 꼭대기에서 몸을 던져 죽는다. 딸이 아버지에게 소 시늉을 하며 올라오라는 것은 당신이 하려는 일이 짐승 같은 짓이란 의미일 게다. 그러나 자신의 욕망에 사로잡힌 아버지는 그 행동을 멈추지 못하고, 딸은 그만 자살하고 마는 것이다. 신동흔 교수는 이 이야기도 딸을 독점하려는 아버지의 욕망이라고 해석한다. 독립된 존재로서 자식을 인정하지 않을 때, 그것은 자식을 죽게 한다는 것이다.

이 두 이야기는 극단적으로 어그러진 아버지와 딸의 모습을 보여 준다. 내가 품에 안아 키운 아이라도 어느 정도 나이가 되면 내 품의 아이로 여기지 말아야 한다는 것, 아이가 집을 떠나 자기 길을 가게 해야 한다는 것을 이 민담들은 알려 준다. 「별별털복숭이」를 보면 어머니인 왕비나 아버지인 왕이 모두 성숙한 어른이 못 된다. 그렇지만 딸인 공주는 이 상황을 박차고 나가 자신의 삶을 살아간다. 어른이 된다는 것은 이런 것이다. (2021. 3. 13.)

두근두근 캠핑로드

042

독서 모임에서 『건지 감자껍질파이 북클럽』을 읽기로 했다. 예전에 읽은 책인데 누구를 주었는지 안 보인다. 책 빌리러 도서관에 갔다가 이 만화책을 발견했다. 6권짜리 시리즈인 『두근두근 캠핑로드』(하야세 준 지음, 송치민 옮김, 세미콜론)는 32세인 남편 노부와 20세인 아내 메구미가 캠핑 다니면서 일어나는 아기자기한 에피소드를 담았다. 띠동갑 신혼부부인 이들이 캠핑을 다니는데, 주변 사람들이 함께 등장하면서 일상과는 좀 다른, 그렇지만 따분한 일상생활에 활기를 주는 내용을 담고 있다.

캠핑이라는 게 산이나 들로 가는 것이라 자연 체험도 많이 나온다. 낚시나 버섯 따기와 함께 자연 정보도 많이 나온다. 남편 노부는 직장에 다니고 아내 메구미는 전업주부인데, 캠핑을 가면 노부가 음식을 만든다. 노부의 음식 솜씨가 꽤 좋은 편이어서 메구미는 캠핑을 좋아한다. 처음에는 차를 렌트해서 다녔는데 메구미가 차를 사자고 해서 캠핑용 차를 산다. 2권까지 읽었는데, 캠핑이라고는 가 본 적이 없지만 아주 흥미진진하다.

노부네 집안은 농사를 짓는다. 큰형 부부와 부모님은 고향에서 농사를 짓고 노부는 차남인지라 도시에서 직장에 다닌다. 추수철에 큰형이 허리를 다치는 바람에 노부네 부부가 본가에 가서 추수를 돕는다. 기계를 써서 수확하지만 기계를 쓸 수 없는 곳에는 사람이 낫으로 벼를 베어야 한다. 벼를 베어 불에 태우면 팝콘처럼 팡팡 터지는데, 그걸 먹으면서 좋아하는 노부네 부부. 추수한 날 저녁, 햅쌀밥을 먹으면서 이렇게 맛난 밥이라면 다른 반찬이 필요 없다며 즐거워하는 메구미의 얼굴이 사랑스럽다.

이 만화는 도시생활에 익숙한 사람들에게 조금만 몸을 움직이면 우리 주변에 가 볼 만한 자연이 있다는 것, 자연 속에서 우리는 좀 더 활기차고 색다른 경험을 할 수 있다는 것을 보여 준다. 2권에선가 몸치인 메구미가 패러글라이딩을 배우는 에피소드가 나온다. 메구미는 결혼은 했지만 나이가 젊은지라 호기심이 많다. 패러글라이딩을 배우고 싶어 원데이클래스를 끊는데, 처음에는 고전을 면치 못한다. 하지만 그 단계를 넘어서자 며칠간 더 집중 훈련을 받고 능숙한 패러글라이더가 된다.

문득 12살 차이 나는 부부에 대해서 생각을 해 보았다. 12살 정도라면 웬만큼 개방적인 사람이 아니라면 남자가 어른 노릇을 할 것 같다. 이 만화에서 노부는 전혀 그렇지 않다. 메구미를 사랑할 뿐 아니라 오빠처럼 이해하고 보살핀다. 진짜 그럴까? 예전에 한 남자 선배가 꽤 나이 차가 나는 결혼을 했는데, 아내가 문제 제기하면 그냥 투정으로 여겼다. 물론 그건 그 선배의 스타일일 수도 있겠지만 말이다. 평등한 관계를 생각하면 12살 차이는 큰 차이라고 생각한다. 내가 너무 편협한 것일까? 이 만화는 두 캐릭터가 자아내는 흥미로운 에피소드의 연속이라 재미있다. 이 만화는 노부네 부부를 등장시켜 캠핑의 이모저모를 알려 주는 게 목적이다. 그래서 문제적인 일상생활은 거의 드러나지 않는다. 『며느라기』 같은 만화가 아닌 것이다. 자, 얼른 마저 읽어 보자. (2021. 3. 14.)

봄동

043

얼마 전에 지인이 엄마의 레시피라고 해서 봄동 요리를 포스팅한 적이 있다. 봄동 겉절이도 맛있어 보이고 봄동 부침개도 맛있어 보였다. 동네 마트에서 봄동을 팔기에 한 팩 사왔다. 그런데 내가 수요일, 목요일에는 순천에 강의하러 갔고, 금요일에는 친구하고 갤러리 투어를 했고, 토요일 일요일에는 K가 퇴직하는 친구 축하한다고 대전에 내려가는 바람에 봄동을 먹을 기회가 없었다. 월요일인 오늘, 봄동이 더 시들기 전에 겉절이를 만들기로 했다.

지인의 레시피를 보기는 했지만 이미 머릿속에서 다 사라진 터라 컴퓨터를 켜고 다시 한 번 봄동 겉절이 만드는 법을 살펴보았다. 고춧가루, 빻은 마늘, 멸치액젓이나 까나리액젓, 매실액, 참기름, 참깨…. 겉절이 재료는 집에 다 있다.

걸절이 무치는 법을 몇 가지 살펴보니 봄동만 무치는 게 아니라 달래랑 같이 무치는 게 많다. 달래는 아마 파 역할을 하는 것 같았다. 달래가 없어서 아쉬웠지만 있는 재료로 봄동 걸절이를 만들었다. 김장김치를 먹다가 봄동 걸절이를 먹으니까 상큼하니 입맛이 돈다.

한동안 농사짓는 친구가 김칫거리를 보내주어 김치를 담그곤 했다. 둘이 먹기에는 양이 많아서 가까이 사는 후배한테 내가 담은 김치를 나누어 주곤 했다. K는 나한테 "맛있게 담근 것도 아닌데 왜 후배한테 주고 그래?" 하고 말했다. 그러면 나는 "그 후배는 바빠서 음식을 만들지 않아. 외식하거나 사 먹는데, 이 김치는 맛난 건 아니지만 재료가 유기농인데다가 공짜잖아." 하고 대꾸하곤 했다. 그 후배하고 알고 지낸 지는 오래되었지만, 서로 속 이야기를 나눈 것은 그리 맛있지도 않은 김치를 서로 나누고 나서부터였다. 그만큼 먹는 건 삶에서 중요하다고 생각한다.

친구들과 전화하다 보면 이렇게 마무리하곤 한다. "잘 지내고, 조만간 만나서 밥 한번 먹자." 상투적인 인사말이지만 나는 같이 밥 먹는 것이야말로 중요한 일이라고 생각한다. 오죽해야 가족을 '우리 식구'라고 하겠는가. 그만큼 같이 밥 먹는 사이가 중요한 것이다. 나는 부엌에서 일하는 것을 즐기지 않지만, 하루에 한 번 이상은 꼭 K하고 같이 밥 먹자고 다짐했다. 지금은 내가 세상에 욕심도 없고 바라는 것도 없지만, 젊을 때는 그렇지 않았다. 여자는 남자만 못하다는 말을 듣지 않으려고 열심히 일했다. 회사 다닐 때는 우수사원 표창도 받고 남들보다 승진도 빨리 했다. 내 목표는 회사에서 정년퇴직하는 것이었다. 그런데 나이 마흔이 넘으니 그게 다 부질없어 보였다. 무엇을 위해 그렇게 살아야 하는 걸까?

프로젝트 때문에 일주일 정도 철야 작업을 한 적이 있었다. 나도 철야하는 게 싫었지만, 나하고 같이 일하는 사람에게 철야 작업을 하도록 해야 하는 게 더 싫었다. 그렇게 일하게 하는 상사가 싫었다. 그 프로젝트는 잘 진행되었지만 나는 회사를 그만두었다. 회사는 인간을 갈아 먹는다는 말이 있다. 계속 싫은 일을 하며 살다 보면, 겉으로는 멀쩡해 보이지만 사람이 망가지게 된다. 그때 회사를 그만두지 않았더라면 나는 김치 같은 건 평생 담지 않는 사람으로 살았을 것이다. 봄동 겉절이 같은 것도 만들지 않았을 테고. 그러고 보면 철야를 하게 했던 그 상사가 나에게는 다른 삶을 살게 했는지도 모르겠다. (2021. 3. 15)

원앙을 보러 갔다

044

원앙을 보러 4시 전에 집을 나섰다. 어제 원앙을 보았지만 날이 흐려서 제대로 보지 못했다. 030 버스를 타고 강고산 정류장에서 내려 강매석교 쪽으로 갔다. 난생처음 갈대발을 헤치고 걸었다. “탐험은 힘들어!” 했더니 K가 그런다. “탐조겠지.” 어제 원앙 세 마리 본 곳에 가 보니 원앙 대신에 기러기 세 마리가 있다. 배수장에서 전함처럼 줄지어 헤엄치던 기러기들이 오늘은 하나도 안 보이던데, 기러기 세 마리가 늠름하게 서 있다. 조금 더 올라갔다. 창릉천 수면은 잔잔하기 이를 데 없는데, 햇살만 반짝일 뿐 새 한 마리 보이지 않는다.

이럴 수가 있나? 어떻게 새 한 마리 안 보이지? 바로 그때였다. 기척이 있다. 망원경으로 보니 원앙들이다. K는 사진을 찍으려고 가까이 다가가고, 나는 멀찍이 떨어져서 망원경으로 원앙을 보았다. 암수 원앙이 10마리쯤 있었다. 가까이 다가가면 원앙 무리는 훌쩍 날아간다. K도 원앙이 날아갈까 봐 아주 가까이 다가가지는 못했다. 그래도 나보다는 가까이 다가가서 스마트폰으로 원앙들 모습을 영상으로 담았다. 원앙 보느라고 미처 몰랐는데, 나중에 영상을 보니 사방에서 새소리가 들린다. 갈대가 우거지고 나무들이 많으니까 온갖 새들이 살고 있는 것이다.

창릉천을 따라 올라갔다. 10분쯤 걸어가니 건너편으로 가는 다리가 있다. 원앙을 보았기 때문에 맘 편히 자전거길을 따라 걷기로 했다. 날이 맑아서일까. 자전거 타는 이들이 많다. 바람이 불었지만 시원하게 느껴져서 좋았다. 창릉천변을 따라 걷다가 쇠오리도 보고 흰뺨검둥오리도 보았다. 청둥오리 대여섯 마리가 길 옆 물가에서 푸드덕 날아올라 놀라기도 했다. 한참 더 걸어가니 버드나무가 노란 버들개지를 잔뜩 달고 있다. 4월이면 여기 나무들이 연둣빛으로 아름다울 게다! 그때 와서 꼭 나무들을 보고 싶다.

더 걸어가니 창릉천과 한강이 만나는 곳이 나온다. 저번에 넓적부리, 물닭, 청둥오리, 흰뺨검둥오리, 쇠오리, 재갈매기 들을 보았던 곳이다. 넓적부리는 다 날아갔을 거라고 생각했는데 여전히 있었다. 한참 새들을 보다가 대덕생태공원으로 접어들었다. 여기에도 흰뺨검둥오리들이 꽤 있었다. 어두워지는 물가에 오리들이 옹기종기 모여 있는 모습을 보니 가슴이 뭉클했다. 대덕생태공원을 한 바퀴 돌고 나오니 해가 지기 시작했다. 여기 해지는 광경은 아름답다. 강바람이 차가웠지만 한참 서서 일몰을 보았다.

030 버스 정류장으로 가서 버스를 타기로 했다. 낚시하는 아저씨가 있다. 낚시하지 말라는 플래카드가 걸려 있던데 간 큰 아저씨다. 팔뚝만 한 물고기가 수면 위로 올라오는 걸 두 번이나 봤는데 이 아저씨 낚시에 걸리려나. 오늘은 버스 정류장에서 강매석교를 거쳐 창릉천을 따라 걸어가 한강까지 갔다가 다시 버스 정류장으로 돌아왔다. 창릉천 일부를 타원형으로 한 바퀴 돈 것이다.

버스 타고 집으로 돌아오는 길. 차창 밖으로 노랗고 가느다란 눈썹달이 보인다. 인간이 지구의 지배적 동물이지만, 인간만 지구에 사는 게 아니다. 나무도 풀도 곤충도 새도 모두 지구라는 집에 사는 식구다. 인간이 정신을 차려야 할 텐데…. 이런 생각을 하며 집으로 돌아왔다. (2021. 3. 16.)

고향 생각 1

045

“나의 살던 고향은 꽃 피는 산골 복숭아꽃 살구꽃 아기 진달래…” 봄이면 생각나는 노래, 고향의 봄이다. 서울서 태어난 데다 여기저기 이사를 다녔기 때문에 어디를 고향이라고 불러야 할지 모르겠다. 태어나기는 청량리에서 태어났지만, 어릴 때 추억이 많은 곳은 삼육대학에서 가까운 새마을이란 동네다. 초등학교 2학년 때 이사해서 결혼할 때까지 여기서 살았다. 주소지는 서울이었지만 그때 그곳에는 논밭과 과수원이 있었다.

가장 먼저 생각나는 건 동네 아이들하고 봄나물 캐러 갔던 일이다. 아이들은 냉이며 달래, 쑥을 잘도 캐는데 나는 어떤 게 먹는 나물인지 몰라서 조금밖에 못 캤다. 따돌림 같은 게 없던 때라 금방 어울려 놀았다. 그다음 생각나는 건 처음으로 올챙이 잡았던 일이다. 다른 아이들에게는 신기한 게 아니었지만 나에게는 너무나도 신기한 일이었다. 병에 담은 올챙이 보며 철길을 걸어가다가 우리 동네를 한참 지나서 다시 돌아왔다. 지금이나 그때나 어딘가 어설픈 나.

여기 살 때 농사도 지었다. 집 뒤에 텃밭이 있어서 가지도 심고 들깨도 심었다. 어느 해인가 엄마하고 감자 심었던 게 기억난다. 씨감자의 눈을 오려서 재를 묻혀서 땅에 심었다. 가끔 물도 주었다. 엄마하고 같이 감자를 캤는데 화들짝 놀랐다. 엄지손가락만 한 감자를 심었는데 그야말로 주렁주렁 주먹만 한 감자가 달려 있었다. 그때 그 감동을 지금도 잊지 못한다. 얼마 전에 『감자』와 『딸기』란 그림책을 번역했다. 감자와 딸기의 한살이, 감자와 딸기로 만든 먹거리를 다루고 있었다. 그 책을 펼쳐 보니 까맣게 잊고 있던 기억이 불쑥 떠올랐다. 완전히 잊는 건 없는 것 같다. 기억의 지층 속에 묻혀 있다가 어떤 계기가 있으면 솟아 나오는 것 같다. 두 그림책은 얼마 전에 인쇄했다고 한다. 곧 내 손에 들어오겠지!

텃밭에 심은 가지며 들깨, 상치, 고추, 호박은 여름 내내 반찬이 되곤 했다. 된장찌개 끓일 때면 텃밭에서 호박과 고추를 따오면 되었다. 그때는 채소들이 그냥 자라는 줄 알았는데, 엄마가 늘 물을 주고 거름을 주고 키우셨을 것이다. 감자는 물을 준 게 기억나는데 텃밭에는 물을 준 기억이 없다. 상치며 들깻잎도 좋은 반찬거리였다. 배추를 심었던 것도 생각난다. 배추를 심어서 김장을 담갔는데 100포기도 넘었다. 김장할 때면 마당에서 배추를 절이고 물을 뺐다. 그러고는 안방에 식구들이 모여 김치를 버무렸다. 그때는 아버지도 채칼로 무채를 만들고, 엄마 옆에서 우리도 김치 버무린다고 흉내를 냈다. 그날 저녁에는 갓 버무린 무생채며 겉절이김치에 밥을 먹었다. 이렇게 김장을 하고 연탄을 들여놓으면 그때는 겨울 준비를 다 한 셈이었다.

텃밭에는 앵두나무가 한 그루 있었다. 앵두가 다닥다닥 열렸다. 앵두가 익으면 빨간 앵두를 따서 동생들하고 마루에 앉아 먹었다. 앵두를 먹다가 씨를 입으로 내뱉었다. 누가 더 멀리 내뱉나 내기도 했다. 이제는 부모님도 이 세상에 안 계시고 어릴 때 같이 놀던 친구들도 가끔 생각이나 할 뿐이다. 동생들도 같이 늙어 간다. 앵두 먹던 시절은 어디로 갔을까? 깔깔대며 웃던 얼굴은 눈에 선한데, 다들 머리카락이 희끗희끗해졌다. (2021. 3. 17.)

과학과 마법 사이에서

046

『그림 메르헨』(니콜라우스 하이델바흐 그림, 김서정 옮김, 문학과지성사)을 1년 넘게 같이 읽고 있었다. 4명 이상의 모임이 금지된 이후 인원이 10명 가까운 이 모임은 쉬고 있었다. 이 모임이 이번 주부터 줌 모임을 하기로 했다. 2021년 3월 1817일인 오늘, 82번과 83번 민담을 읽었다. 81번 민담을 읽은 것이 2020년 12월 10일이니 무려 3달 만에 모임을 재개한 것이다. 얼굴을 맞대고 만나는 것만큼은 못하지만 오랜만에 얼굴 보며 함께 대화를 나누니 즐거웠다. 컴퓨터만 켜면 세계 어디와도 연결된다니 이거야말로 과학이 만들어 준 마법 같은 일이 아닌가 싶다.

요즘은 산책할 때 망원경을 갖고 나간다. 얼마 전에 두 번이나 창릉천에 가서 원앙을 비롯해 여러 새들을 관찰했다. 망원경이 없다면 불가능한 일이었을 것이다. 망원경은 우리 눈의 연장인 셈이다. 조금만 가까이 다가가면 날아가 버리는 원앙을 멀리에서나마 관찰할 수 있었던 것은 망원경 덕분이었다. 오늘도 망원경을 갖고 산책을 나갔다. 오리인지 돌멩이인지 잘 구별되지 않을 때도 망원경으로 보면 구별할 수 있었다. "올해 한 일 중에 가장 잘한 게 망원경 산 일 같아!" 했더니 K가 쿡쿡 웃는다. K가 대장천에서 원앙을 보았던 곳에 같이 가 보았다. 원앙도, 청둥오리와 흰뺨검둥오리 사이에서 태어난 남다른 오리도 보이지 않는다. 그 사이에 새들이 꽤 줄었다. 철새들이 많이 떠난 것이다.

철새들의 여행을 생각하니 『닐스의 신기한 모험』이 떠오른다. 『닐스의 신기한 모험』을 보면 장난꾸러기 닐스가 몸집이 작아져서 기러기와 함께 떠나는 거위 모르텐을 타고 스웨덴 각지를 여행한다. 이 이야기는 셀마 라게를뢰프(1909년 여성 최초이자 스웨덴 최초로 노벨 문학상을 받음)가 아이들에게 스웨덴을 잘 알게 하려는 목적에서 썼다고 한다. 닐스가 몸이 작아진 것은 집 안에 사는 요정 톰텐에 의한 것이다. 장난꾸러기 닐스가 톰텐을 괴롭히는 바람에 이런 일이 생겼던 것이다. 아직 비행기가 없던 시절, 닐스의 이야기는 스웨덴을 상세하게 알려 줄 뿐 아니라 이 여행을 통해 닐스가 이전보다 성숙해짐으로써 교양 소설적 인 면모를 지닌 걸작이 되었다.

우리의 삶 자체가 어쩌면 신기한 모험일지도 모른다. 작년까지만 해도 나는 내가 줌을 사용해서 뭔가 할 것이라고 생각한 적이 없었다. 코로나19 시대가 길어지면서 자주 줌을 사용하게 되었다. 줌 강연도 하고, 줌 회의도 하고, 줌 독서 모임도 한다. 줌이라는 것은 과학기술에 의한 것이지만, 이것이 실현되는 순간은 마치 마법이 펼쳐지는 것 같다. 남이 연 줌 모임은 많이 했지만, 내가 줌 모임을 주도한 적은 없어서 줌에 대해 배워야 한다. 얼마 전에 어떤 분이 줌 강연의 모든 것을 알려 준다고 해서 신청했다. 줌 강연 요청이 두 건이나 생겨서 능숙하게 익힐 필요가 생겼다. 망원경만큼이나 줌이 쓸모 있는 도구가 되기를 바랄 뿐이다. (2021. 3. 18.)

봄
- 우수雨水 이야기

047

갤러리우물의 전시 「두 번째 봄 우수雨水 이야기」가 내일까지라고 해서 다녀왔다. 경복궁역에서 내려서 한참 걸었는데 날씨가 좋았다. 어느 건물 옆 양쪽에 목련이 활짝 피어 있었다. 목련나무 아래서 누군가 사진을 찍고 있었다. 바닥에 떨어진 목련 꽃잎을 모아서 뭔가 모양을 만들고 그것을 찍는 중이었다. 얼마 전에 순천만에서 동백나무 아래 떨어진 동백 꽃잎을 모아 ♡ 모양을 만들어 놓은 걸 본 적이 있는데, 이분도 떨어진 목련 꽃잎에 뭔가 의미를 부여한 모양이었다. 어떤 모양인지 궁금했지만 사진 찍는 분이 민망할까 봐 그냥 지나갔다.

「두 번째 봄 우수雨水 이야기」에는 16명의 작가가 참여했는데, 4명이 아는 작가다. 이진아, 남주현인숙, 이영경,

안정윤 작가. 앞의 세 작가는 어린이 책에 그림을 그리거나 그림책 작업을 한다. 이진아 작가는 흙으로 빚은 인형을 만들었는데, 그이가 작업한 곰돌이아기그림책 시리즈는 지금도 잘 팔린다. 지금은 그림책 작업을 하지 않고 본인이 관심이 있는 설치 작업을 하고 있다. 남주현인숙 작가는 요즘도 그림책 작업을 하고 있다. 『빨간 끈으로 머리를 묶은 사자』, 『호랭이 꼬랭이 말놀이』 같은 책에 독특한 그림을 그렸다. 이영경 작가는 『넉 점 반』을 비롯한 여러 작품을 그렸는데, 내가 비룡소 편집장 시절에 만났다. 현재는 한국의 대표적인 그림책 작가다. 안정윤 작가는 도자기를 굽는다. 어떤 모임에서 알게 되었는데, 작품이 아름답고 정감이 있어서 마음에 두고 있었다.

작품들이 기대 이상으로 좋았다. 갤러리 쪽에서 예전에 전시한 적 있는 작가에게 100년 가까이 된 소나무 판자를 제공하고, 작가들은 그 판자를 사용해 작품을 만들었다고 한다. 안정윤 작가의 경우는 도자기를 구워 다른 작가가 만든 책가도에 올려놓았는데, 이 작품도 보기 좋았다. 한 작가의 작품이 다른 작가의 작품의 배경이 되어 공존하는 모습이 보기 좋았다. 갤러리우물의 이세은 관장은 어린이 책 편집자 출신이다. 어느 날, 갤러리우물을 열더니 벌써 5년째

독특한 기획전을 열고 있다. 잠시 이세은 관장과 담소를 나누고 갤러리우물을 나왔다.

갤러리를 나오자 곧 커다란 목련나무가 눈에 들어왔다. 아까 본 목련나무는 건물 양쪽에 있었는데, 이 목련나무는 건물 위쪽에 있어서 느낌이 사뭇 달랐다. 목련나무를 찍는데 "뭐 하세요?" 하는 소리가 들린다. 아까 갤러리우물에서 인사를 나눈 J작가다. "목련이 예뻐서 찍고 있어요. 어디 가세요?" "약 가지러 가요." "어디 아프세요?" "당뇨가 심해서요." "당뇨요? 잘 관리하셔야 할 텐데…." "규칙적인 생활을 하고 꾸준히 운동해야 하는데 쉽지가 않네요. 밤에 일하고 새벽 6시는 되어야 잠자는 게 몸에 붙어 버렸어요." 인사만 한 사이인데도 서로 잘 아는 사이처럼 이야기를 나눈다. 그러다가 약국이 나와서 J작가는 약국으로 가고, 나는 근처를 돌아다니기로 했다. 골목을 어슬렁어슬렁 걷다가, 역사책방에 들러 책도 보다가, 통의동 마을마당을 지나 경복궁역으로 왔다. 봄이라 그런가, 이제는 걷다가 꽃나무라도 한 그루 만나기를 기대하게 된다. (2021. 3. 19.)

춘분

048

오늘은 3월 20일, 24절기 중의 하나인 춘분春分이다. 낮과 밤의 길이가 같아진다는 날로, 대개 양력 3월 21일경이라고 한다. 사전을 읽다가 재미있는 사실을 발견했다. 천문학에서는 춘분부터 하지까지를 봄으로 보고, 기상학에서는 3, 4, 5월을 봄으로 친다는 것이다. 나는 이제껏 3, 4, 5월을 봄으로 여겼는데, 그렇다면 나의 봄은 기상학적인 봄인 셈이다.

나에게는 2월이 좀 힘겨운 달이었다. 1월은 새해가 되었다는 생각에 반갑다가도, 2월에는 올해도 별다른 일 없이 흘러가겠구나 싶으면서 울적해지곤 했다. 한번은 내가 K에게 "올해도 아무런 새로운 일이 없이 흘러가겠지. 어쩐지 우울해." 하고 말했다. 그랬더니 K가 이런다. "우리가 청소년도 아닌데 해마다 새로울 일이 뭐가 있겠어? 아무 일 없이 지나가는 게 고마운 거지!" 그러더니 덧붙인다. "네가 우울하다고? 늘 양양한 네가 우울하다니, 그럼 난 우울증이겠다!"

언젠가 독서 모임 사람들하고 모임 마치고 나서 차 마시다가 1년 중 가장 맘에 드는 계절이 언제인가 서로 얘기한 적이 있었다. 찌는 듯이 무덥기는 하지만 만물이 쑥쑥 자라서 여름이 좋다는 사람도 있었고, 눈 오고 바람 불고 춥지만 마음이 차분해져서 겨울이 좋다는 사람도 있었고, 뜨거운 여름이 지나고 서늘해지며 풍성한 결실을 맺는 가을이 좋다는 사람도 있었다. 또, 추운 겨울 지나 따뜻해지며 온갖 꽃이 피어나는 봄이 좋다는 사람도 있었다. 저마다 좋아하는 계절이 달랐고 그 이유도 달랐다.

나도 예전에는 가을이 좋았다. 그런데 나이가 들다 보니 봄이 좋다. 추운 겨울이 이제는 힘겹다. 내가 2월이면 좀 울적해져서 힘들었다는 말을 했더니 한 친구가 그런다. "아마 계절성 우울증일 수 있어요. 겨울에는 빛이 부족한데다가 바깥에 잘 나가지를 않으니 호르몬이 부족해서 우울해질 수 있어요." 나는 2월에 울적해지는 게 심리적인 거라고 생각했는데 그게 아니었다. 햇빛 부족 때문이었다. 그래서일까? 밖에 나가 자주 걸어서 그랬는지 올해는 2월에도 울적한 기분을 느끼지 못했다.

오늘 지도공원을 걷다가 놀랐다. 꽃나무들이 잔뜩 꽃봉오리를 달고 있었다. 살구꽃도 꽃받침이 빨갛게 물들었고, 양지바른 쪽에 있는 나무는 꽃이 피었다. 복숭아꽃이나 벚꽃은 아직 피지 않았지만 매화나무꽃은 활짝 피었고, 살구나무 꽃은 다음 주면 활짝 필 것 같다. 날이 흐려 햇살에 빛나는 꽃나무의 자태는 못 보았으나 오전에 내린 비 덕분에 꽃잎이 한결 싱그러워 보인다. 지도공원에서 나와 백양공원을 한 바퀴 도는데 매화나무에 꽃이 활짝 피어 있다. K가 옆에서 그런다. "매화꽃 보니 생각나는 사람이 있네." "누구?" "어릴 때 엄마가 병원에 입원하는 바람에 친척 누나가 집에 와서 밥해 준 적이 있었어. 그 누나 이름이 매화였어." 더 말을 잇는다. "매화 누나는 곧 결혼했고, 동생이 우리 집에서 한동안 하숙하며 학교 다녔어." "동생 이름이 뭔데? 목련은 아니겠지?" "그 형 이름은 평범했는데, 생각이 안 나네."

달력으로는 1월이 1년의 시작이지만, 3월이 내게는 한 해의 시작 같다. '매일 걷고, 매일 읽고, 매일 써 보자'고 다짐하는 춘분이다. (2021. 3. 20.)

세심한 맛

049

먹는 걸 좋아하지만 음식 만들기는 그리 좋아하지 않는다. 집에 있는 재료로 간단히 만들어서 한 끼 먹으면 된다고 생각한다. 부엌에 들어가서 뭐 하나 만들면 두세 시간은 후딱 지나니 바쁠 때면 부엌에 들어가는 게 무섭다. 오늘도 저녁에 K가 "반찬 좀 만들어 볼까?" 하면서 콩나물을 다듬는 바람에 나도 옆에서 함께 했다. 김장김치에 콩나물 넣어 콩나물 김칫국을 끓이고, 어묵에 양배추, 당근, 양파, 청양고추 썰어 넣고 볶아 어묵볶음 만들고, 반건조 가자미 구워서 저녁 한 끼 먹었다. 한가할 때면 집에서 만들어 먹는 게 좋다. 바쁠 때는 그렇지 않다. 음식점에 가서 먹거나 반찬 사다가 집에서 먹는 게 낫다.

음식 만들기는 즐기지 않아도 음식에 대해서는 관심이

많다. 음식이 우리 몸을 만든다고 하지 않는가. 인터넷에서 우연히 이용재의 「세심한 맛」이란 음식 칼럼을 보게 되었다. 2주마다 연재되던 이 칼럼이 100번째로 끝나면서 그가 말했던 요리의 팁을 어떤 기자가 정리한 것을 보았는데, 칼럼이 궁금해서 읽었다. 100개의 칼럼 중에 현재 읽은 것은 달걀, 얼음, 토마토, 버터, 사과, 절인 레몬, 이렇게 6개이다. 기억할 만한 '세심한 맛'을 적어 볼까.

달걀은 쉽게 구할 수 있는 식재료다. 식당에서 노른자가 터진 달걀 프라이를 종종 보았는데, 달걀노른자를 잘못 건드려서 그런 줄 알았다. 아니었다. 신선한 달걀이 아니어서 그렇다고 한다. 또, 뻑뻑한 찐 달걀도 지나치게 오래 삶거나 쪄서 그렇다고 한다. 달걀 요리에 유용한 팁은, 달걀에 물을 붓고 데우다가 물이 끓으면 불을 끄고 뚜껑을 덮고 놔두라는 것이다. 그러면 잔열로 달걀이 보드랍게 익어 먹기 좋다고.

사과는 홍옥에 관한 것이었다. 요즘은 홍옥 구하기가 어렵다. 홍옥은 재배하는 데가 적은데다 사과 표면에 상처가 나기 쉬워서 생산자에게도 판매자에게도 그리 달가운 상품이 아니라고 한다. 언젠가 동네 마트에서 홍옥을 팔기에 값이 비싼데도 얼른 샀다. 어릴 때 엄마가 깎아 준 새콤한 홍옥의 맛이 나에게는 사과 본연의 맛처럼 느껴진다. 부사만 아니라 국광이나 홍옥 같은 다양한 사과를 먹을 수 있으면 좋겠다.

토마토도 자주 먹는 식재료다. 토마토를 잘라서 올리브기름을 붓고 낮은 불에 뚜껑을 덮고 익혀 달걀하고 같이 먹으면 훌륭한 한 끼 식사가 된다. 토마토는 두꺼운 껍질 처리가 관건인데 올리브기름으로 찜을 만들어 먹으면 저절로 껍질이 벗겨진다. 여기에 빵 한 쪽을 곁들이거나 두부국수를 넣어서 먹으면 맛있다. 토마토 계란탕도 맛있고, 카레에 토마토를 넣어도 풍미가 훨씬 좋아진다.

얼음도 재미있게 읽었다. 맛있는 냉커피를 먹으려면 가게에서 파는 얼음을 써야 한다는 것을 알았다. 집에서 얼리는 얼음은 가게에서 파는 얼음만큼 얼음 품질이 좋지 않다는 것이었다. 나야 냉커피를 즐기지 않지만, 냉국수나 비빔국수의 시원한 맛도 얼음에 의해 좌우된다니 흥미로웠다. 오이냉국이나 가지냉국, 미역냉국을 만들 때 가게에서 파는 얼음을 써 봐야겠다.

음식 만들기는 싫어하면서 음식 재료나 음식 만드는 이야기는 좋아하니 이게 무슨 조화인지 모르겠다. '세심한 맛'은 내게 너무 멀리 있는 맛이다. (2021. 3. 21.)

이야기

050

나는 좋아하는 게 많다. 시도 좋아하고 소설도 좋아한다. 영화도 좋아하고 연극도 좋아한다. 그림책도 좋아하고 만화도 좋아한다. 좋아하는 게 많으니까 딱히 내가 뭘 좋아하는지를 잘 모르겠다. 한번은 이런 의문을 토로한 적이 있었다. "나는 내가 딱히 뭘 좋아하는지를 모르겠어. 재미있어서 이것저것 해 보기는 하는데 말이야." 그랬더니 K가 그런다. "자기가 좋아하는 게 뭘 뭔지 몰라? 이야기를 좋아하는 거 아니야!" 아, 그런가. 남들이 보면 금방 아는데 왜 나는 나를 모르는 걸까.

아톨 가완디의 말이 떠오른다. "인간에게 삶이 의미 있는 까닭은 그것이 한 편의 이야기이기 때문이다. 이야기는 그 자체로 온전한 하나의 단위라는 느낌을 준다. 그리고 그

전체적인 구도는 의미 있는 순간들, 즉 무슨 일인가 일어났던 순간들이 모여서 결정된다."(『어떻게 죽을 것인가』, 김희정 옮김, 부키, 364쪽) '어떻게 살 것인가'와 '어떻게 죽을 것인가'는 한 짝인지도 모른다. 모두가 자기 삶이 좀 더 의미 있고 충실하기를 바라기 때문에 죽음의 순간을 떠올리지 않을 수 없는 것이다.

부모님이 돌아가시기 전까지는 죽음을 그다지 의식한 적이 없다. 누구나 죽는다는 걸 알고 있었지만 그게 내 문제로 다가오지는 않았다. 어머니가 돌아가시고 이어서 아버지가 돌아가시자 죽음은 곧 나의 문제로 다가왔다. 내가 맏이라 그다음은 내 차례라는 생각이 들었다. 태어난 순서대로 죽는 건 아니지만, 태어난 순서대로 죽는 게 좋다는 생각을 했다. 그러나 죽음에 대해 관심을 갖게 되었다고 해서 갑자기 내 삶이 달라진 것은 아니었다. 갑자기 달라질 수도 없었다. 하지만 언제라도 내 삶을 마감할 수 있다고 생각하게 되었다.

그래서일까. 아름다운 순간, 기쁜 순간에 더 민감하게 되었다. 봄을 맞아 꽃피는 살구나무를 보는 게 기쁘다. 살구나무 아래에서 어린아이들이 노는 걸 보는 게 기쁘다. 사람들이 걷다가 걸음을 멈추고 살구꽃 보는 것이 아름다워

보인다. 살구나무가 늘어선 길을 따라 사람들이 걸어가며 이야기하는 모습이 정답게 보인다. 이렇게 '따로 또 같이' 살아가는 생명의 한순간을 함께하고 있는 게 기쁘다. 이 생명의 시간이 내게서 언제 멈출지 모르겠지만, 살아 있는 순간을 맘껏 누리고 싶다.

그림 형제 민담 중에 이런 이야기가 있다. 어떤 백작에게 바보 아들이 있었다. 아들을 멀리 유학을 보냈는데, 처음 1년에는 개의 말을 배워 오고, 그다음 1년에는 개구리의 말을 배워 오고, 그다음 1년에는 새의 말을 배워 왔다. 백작은 쓸모없는 것만 배워 온 아들에게 실망해서 아들을 내쫓는다. 하지만 아들은 개와 개구리와 새의 말을 아는 덕분에 아주 색다르고 멋진 인생을 살게 된다. 아들이 배운 개의 말, 개구리의 말, 새의 말은 자연의 말을 의미할 것이다. 그건 평소에 별 의미가 없어 보인다. 소위 '잘사는 삶'과 별 관계가 없기 때문이다. 그러나 우리 인간도 자연의 일부이고, 자연의 말을 듣지 않으면 위기를 맞을 수 있다. 요즘 코로나19 시대를 보내는 것도 우리가 자연의 말을 잘 알아듣지 못해서가 아닌가. 아직은 새의 말도 꽃의 말도 잘 알아듣지 못하지만, 그런 귀를 갖고 싶다. 그렇게 된다면 세상은 또 다른 모습으로 내게 다가올지도 모르겠다. (2021. 3. 22.)

이렇게 '따로 또 같이' 살아가는 생명의 한순간을

함께하고 있는 게 기쁘다.

이 생명의 시간이 내게서 언제 멈출지 모르겠지만,

살아 있는 순간을 맘껏 누리고 싶다.

끝없이 배운다

051

7시에 전문 강연자의 줌 강연 신청을 했는데 걷다가 보니 그만 6시 50분이다. 깜빡 잊고 있다가 알람 소리에 알아차린 것이다. 하는 수 없이 줌을 연결하고 강연을 들으면서 집으로 돌아왔다. 처음에는 비디오와 오디오를 끄지 않고 들었다. 우리가 걷는 길에는 사람이 거의 없기 때문에 그냥 켜 놓고 걸은 것이다. 그런데 컹컹 개 짖는 소리가 강연 듣는 사람들에게 들렸나 보다. 누군가 "개가 짖네!" 하는 바람에 깜짝 놀라 오디오를 껐다. 강연자가 아는 분이라 비디오를 켜고 인사하고는 비디오까지 껐다. 강연자는 1년에 400회 정도 강연하는 분이다. 도대체 어떤 노하우가 있는지 궁금해서 신청했다. 들어가서 보니 아는 작가이자 페북 친구가 몇 분 있다. 다 나와 비슷한 궁금증에서 신청했을 것 같다.

강연자는 잡지 기자 하던 분이다. 어린이 책을 쓰고 강연을 시작한 지 10년인데, 지금은 누구보다도 많이 강연하고 어린이 책도 몇 권 더 썼다. 새를 주인공으로 한 동화책을 몇 권 쓰고 그림책도 몇 권 썼다. 기자 출신이라 그런지 정보 수집도 잘하고 글도 빨리 쓴다. 최근에는 세종을 주인공으로 한 청소년 소설도 한 권 탈고했다고 한다. 이분이 말하는 강연의 노하우를 들어 보자.

강연은 첫째도 재미, 둘째도 재미, 셋째도 재미라고 한다. 강연은 강의와는 달리 청중을 집중시키는 게 첫 번째라는 것이다. 또 하나는 청중의 눈높이를 맞추어야 한다는 것이다. 자신은 웬만하면 높은 단 위에서 강연하지 않는다고 한다. 특히 청중이 어린이일 경우, 누구나 대답할 수 있는 질문을 해서 아이들의 참여를 유도한다고 한다. 현재 유치원과 학교, 도서관, 작은 책방 등에서 강연하는데, 처음에는 강연할 곳이 없어서 아파트 노인정에서 시작했다고 한다. 그러면서 덧붙이는 말, 강연이 들어오지 않으면 스스로 강연 기회를 만들어야 한다, 그러면 그 강연이 이력이 되어 다른 강연을 불러온다고. 자신은 아이들을 집중시키기 위해 빵을 구우면서 하는 강연도 했고, 자신이 수집한 북마크 수

집품을 전시하는데 전시 대금이 없어서 도슨트를 하거나 강연을 해서 비용을 받기도 했다고 한다.

자신은 도서관을 지날 때 도서관장에게 이렇게 전화한다고 한다. "조금 있다가 도서관 근처를 지나는데요, 그냥 쓸쓸하게 지나갈까요? 커피 한잔 마시러 갈까요?" 그러면 어떤 도서관장도 "무슨 말씀이세요. 커피 한잔 드시고 가세요." 한단다. 그러면 만나서 커피를 마시면서 도서관에 필요한 강연 계획도 듣고 조언도 하는데, 이게 길어져서 저녁까지 이어지면 꼭 자기에게 강연 요청을 한다고 한다. 지금은 본인이 도서관에 강연 계획을 짜 주고 함께 강연하는 강연자가 30여 명이나 된다고 한다. 또, 음악이나 마술처럼 다른 분야와도 협업을 해서 강연의 재미를 높여 왔다고 한다.

나 같은 사람은 꿈에도 생각할 수 없는 방식이다. 사람이 모두 같을 수 없다. 내가 오늘 들은 것 중에서 할 수 있는 것만 해 보자. 끝없이 배우는 나날이다. (2021. 3. 23.)

함께 살기, 함께 먹기

052

시어머니, 시누이와 함께 저녁을 먹었다. 나하고 K까지 넷이 만나서 갈비찜 4인분을 시키고 냉면 한 그릇과 만두 한 접시를 시켰다. 갈비찜에 육회와 코다리무침, 샐러드, 무절임이 딸려 나왔다. 노인이 계신지라 슴슴한 맛으로 부탁했는데 음식이 먹을 만했다. 그런데 다들 확실히 양이 줄었다. 갈비찜도 남고 만두도 남아서 갈비찜은 시누이가 가져가고, 만두는 우리가 가져왔다.

시어머니는 덩치가 더 작아지셨다. 내가 처음 뵐 때는 60대 중반의 멋쟁이셨는데, 이제는 90이 넘은 자그마한 할머니가 되셨다. 건강 관리를 잘해서 크게 아픈 데가 없으니 감사할 따름이다. 시누이는 내 첫 직장의 동료였다. 첫 직장은 1년밖에 안 다녔지만, 그 뒤로 계속 친구로 만났다. 그러다가 결혼을 안 하고 있는 오빠와 나를 소개하는 바람에 시누이올케 사이가 되었다. 친구로 지낸 시간이 길어서 결혼하고 나서도 아가씨, 언니라는 말이 나오지 않았다. 그러다 보니 지금도 서로 이름을 부른다.

옛날 그리스에서는 함께 밥 먹는 것을 '함께 살기convivium'라고 불렀다고 한다. 그만큼 인간에게 먹고 마시는 일은 소중한 일이다. 지인 중에 폴란드에 유학을 한 이가 있는데, 그이가 다녔던 대학 식당에는 convivium이란 글자가 쓰여 있었다고 한다. 함께 먹고 마시며 대화하는 것, 그것이 곧 함께 살기라고 본 것이다. 우리 한국에서는 보통 '한 집에서 같이 살며 끼니를 같이하는 사람'을 식구食口라고 부른다. 함께 먹는다는 것을 그만큼 중요하게 여긴 것이다.

저녁도 같이 먹었지만 갖고 있는 음식도 서로 나누었다. 우리는 시누이에게 한과와 부각, 통밀국수를 주고, 시누이는 우리에게 통밀빵을 주었다. 한과와 부각은 넉넉하게 사서 나눈 것이고 통밀국수는 시골에서 온 꾸러미에서 나온 것이다. 농사짓는 친구에게서 격주로 꾸러미를 받는데 통밀국수를 자주 보낸다. 우리 집은 식구도 적고 국수를 자주 먹지 않아서 그동안 모인 국수를 절반씩 나누었다. 시누이도 빵집 하는 지인에게서 통밀빵을 주문했다며 빵을 잔뜩

준다. 빵 사려던 참인데 잘되었다. 시어머니는 물김치 담근 걸 가져가라고 하신다. 저녁 먹고 나서 걸을 참인데다가 집에 김장김치가 있어서 사양했다. 여자들끼리 만나면 늘 서로 먹을 것을 나눈다. 쌀독에서 인심 난다고, 먹을 것을 나누면서 서로 친해지는 게 아닌가 싶다.

오늘 점심 같이 먹은 일도 생각난다. 오전에 고양시 독서문화 진흥위원회 모임이 화정도서관에서 있었다. 그런데 옆에 앉은 사람이 작년에 몇 번 모였던 '이반 일리치 읽기 모임'에서 보았던 사람이다. 그때는 인사만 했는데 오늘 만나니 반가워서 같이 점심을 먹었다. 예전에는 회의 마치면 식사를 같이하곤 했는데, 요새는 4인 이상 모임이 금지라서 12시 전에 모임을 마치고 헤어졌다. 둘이 점심을 먹으면서 이런저런 이야기를 나누었다. 이런 경우는 친해서 밥을 같이 먹은 게 아니라 밥을 같이 먹는 바람에 친해졌다고 봐야 하지 않을까. '함께 먹기'야말로 '함께 살기'의 필요충분조건이라고 생각해 본다. (2021. 3. 24.)

책 읽기라는 것

053

『안녕, 반짝이는 나의 친구들』(베아트리체 바시니 글, 파비안 네그린 그림, 이현경 옮김, 우리학교, 2019)을 읽었다. '22명의 전설적인 소녀들을 만나는 시간'이라는 부제에 걸맞게, 문학작품 속에 등장하는 여자들을 다룬 책이다. 이 책은 작품 속 여자의 이름을 알려 주고, 이 책의 한 부분을 인용문으로 제시하면서 화가가 포착한 주인공의 모습을 보여 준다. 그리고는 작가가 작품 속 소녀에 대해 생각하는 것을 보여 주고 그 작품에 대해 자세하게 알려 준다. 보통은 작품에 대해 알려 주고 그 작품에 나오는 인물을 보여 주는데, 거꾸로 접근하고 있는 것이다. 책을 읽다가 『비밀의 화원』 주인공 이름이 메리라는 걸 알았다. 디콘과 콜린은 기억나는데 주인공 메리의 이름을 잊고 있었다. 『채털레이

부인의 연인』에서 주인공이 코니 채털레이라는 것도 다시 떠올렸다.

이 책에는 22명이나 되는 인물이 등장하지만 가장 인상적인 인물은 삐삐다. 작가는 삐삐에 대해 이렇게 언급한다. "삐삐는 언제나 자기가 하고 싶은 일을 해. 삐삐에게는 보살펴 주는 어른이 없어. 물론 아빠가 계시지만 다행히 멀리 있지. 삐삐가 길을 오가며 어른과 마주칠 때마다 큰 문제가 일어나곤 해. 삐삐에게도 어른에게도. 그런데 혹시 문제는 어른들 아닐까?"(28쪽) 힘도 세고, 돈도 많고, 부모도 없고, 학교도 안 가는 삐삐. 아이들에게 삐삐는 동경의 대상일 것이다. 제멋대로 살 수 있으니까. 물론 어른들에게는 걱정스러운 아이일 테지만 말이다. 그런데 작가는 '어른이 문제가 아닐까?' 하고 묻는다.

또 하나는 앨리스다. 작품 속에서 앨리스는 몸집이 커졌다가 작아졌다가 한다. 정체성이 일정하지 않은 것이다. 작가는 앨리스에 대해 이렇게 언급한다. "영원한 소녀 앨리스. 머리에 리본을 꽂고 레이스 달린 속옷에 앞치마를 입었어. 거울 속과 거울 밖. 다르면서 똑같아. 책 속 인물들의 단점은 성장하지 않는다는 거야. 마지막 페이지를 덮으면서 우리는 그들을 떠나게 되고, 그 이후를 막연히 상상하거나 침묵하지. 그들은 어떻게 될까? 행복할까? 슬플까? 화를 낼까? 자식들 얼굴은 어떻게 생겼을까? 우리가 진정 그런 문제를 궁금해 하는 게 맞을까? 책 속 등장인물들의 장점은 성장하지 않는다는 거야."(34쪽) 작품 속에서 앨리스는 여러 차례 이상한 상황에 처하지만 성장하지는 않는다. 나중에 보면 이 모든 내용이 앨리스가 꾼 꿈이라는 것이 밝혀진다. 작품 속 등장인물이 성장하지 않는 것을 작가는 단점이자 장점이라고 말한다. 작품 속 인물이 성장하지 않기 때문에 시간이 흘러도 독자들은 작품 속 인물을 친구로 삼을 수 있을 것이다.

책 읽기란 무엇일까? 독자가 책 속의 등장인물과 친구가 되어 무언가 함께 체험하는 일이 아닐까. 초등학교 독서부 어머니들과 1년간 어린이 책 읽기를 함께 한 적이 있다. 그때 한 분이 이런 말을 했다. "예전에 『톰 소여 모험』을 읽을 때는 내가 톰 소여가 된 기분으로 읽었어요. 이제는 톰 소여의 이모가 된 마음으로 읽게 되네요." 바로 이거구나 싶었다. 책 읽기는 등장인물에게 공감하면서 다른 사람에 대한 이해력과 공감력을 넓히는 것이다. 책 읽기는 마음의 방을 넓히고, 마음의 근육을 튼튼하게 만든다. (2021. 3. 25.)

고향 생각 2

054

요즘 자주 중얼거리는 노래가 있다. 박화목 시에 채동선이 곡을 붙인 「망향」이다. "꽃 피는 봄 사월 돌아오면 내 맘은 푸른 산 저 너머로 그 어느 산 모퉁 길에 어여쁜 님 날 기다리는 듯…." 사실, 나는 고향이라고 부를 만한 곳이 없다. 하지만 여기서 '고향'은 어느 지명이 아니라 어느 시공간일 것이다. 즐겁고 행복했던 그때 그 순간.

내가 초등학교 때부터 살다가 대학도 다니고 대학원도 다녔던 집. 나 결혼하고 나서 한참 뒤까지 살다가 부모님이 이사한 그 집, 그 동네가 나에게는 '고향'이란 생각이 든다. 부모님 한창 젊으셨고, 나하고 동생들이 함께 자랐던 그 동네. 초등학교 다닐 때, 한때 동네 여자아이들이 피아노를 배울 때가 있었다. 음악에 별 소양도 없고 그다지 좋아하지도 않았지만 친구들하고 피아노를 몇 년간 배웠다. 집에 피아노 있는 동네 언니가 자기도 레슨을 받으면서 동네 아이들에게 피아노를 가르치던 그런 때였다. 학교 가기 전에 피아노 치러 그 집에 갔던 게 생각난다. 해마다 연말이면 작은 음악회를 열곤 했는데, 그때 스와니강을 연습했다. 그러다가 중학생이 되면서 바쁘기도 하고 별 취미도 없는 피아노는 그만두었다. 계속했더라면 피아노도 사고 자기도 피아노 배울 기회가 있었을 텐데 언니가 그만두는 바람에 자기는 기회도 없었다고, 여동생이 몇 년 전 농담 비슷하게 말해 미안한 적이 있었다. 몇 년 전 어디에 갔는데 피아노가 있어서 잠깐 앉아 보았다. 그때 스와니강, 그 곡이 생각나서 쳐 봤다. 띄엄띄엄 칠 수가 있었다. 이럴 수가! 음악은 제법 힘이 셌던 것이다.

늘 앞을 보며 살아왔던 나. 현재주의자인 나는 과거를 잘 떠올리지 않는 편이다. 그런데 봄이어서 그런 걸까. 글을 써서 그런 걸까. 요즘은 어릴 때 일이 가끔 생각난다. 친했던 동네 친구도 생각나고. 우리 동네에 착한이라는 친구가 있었다. 착한이 아버지는 줄담배를 피우며 출판사를 다녔는데, 그 집에는 책이 참 많았다. 착한이네 집에 가서 못 읽었던 책을 맘껏 읽던 일도 생각난다. 나하고 착한이는 책을 읽고, 우리들 옆에서 착한이 동생 둘, 내 동생 셋이 어울려 놀았다. 착한이는 학교에서 부르는 이름은 옥제였다. 할머니가 그 애를 착한이라고 불러서 동네 사람이 모두 착한이라고 불렀다. 여상을 나와서 취직을 했고, 어머니가 일찍 돌아가셔서 엄마 노릇까지 했다. 내가 대학 다닐 때 착한이는 아현동에서 주산학원을 했다. 그때는 할머니도 돌아가시고 안 계셨다. 대학 졸업한 뒤에도 가끔 만나곤 했는데 언제부터인가 소식이 끊어졌다. 어릴 때 살던 동네를 생각하면 생각나는 착한이. 다시 한번 보고 싶은 착한이. (2021. 3. 26.)

재미있게 살고 싶다

055

아침에 침 맞으러 한의원에 다녀왔다. 나는 체력이 약한 편이지만 건강 관리에 별 관심이 없었다. 몸을 너무 챙기는 사람을 보면 도대체 얼마나 오래 살려고 저러나 싶어 속으로 경멸하기도 했다. 내가 경솔했다. 그동안 비교적 건강했기 때문에 그랬던 거다. 주변에 여기저기 아픈 사람이 생기고 나도 여기저기 탈이 나기 시작하자 몸이 안 좋으면 얼른 병원을 찾는다. 동네 한의원은 2003년부터 다닌 단골 한의원이다.

이 한의원은 원장이 둘이었다. 키 크고 얼굴이 거무스름한 남자 N원장과 키 작고 얼굴이 하얀 여자 L원장. 둘은 부부였다. 몇 년간 이 한의원에 드나들면서도 두 사람이 부부라는 건 몰랐다. 나는 주로 L원장에게 진료를 받았고, L원장이 없을 때나 N원장에게 진료를 받았다. 어느 날 N원장에게 진료를 받다가 아이들 사진이 L원장 방에 있는 사진과 똑같은 걸 알았다. 그제야 '아, 이 두 사람이 부부구나.' 하는 걸 알아차렸다. 지금은 L원장 혼자서 이 한의원을 운영하고, N원장은 강남에서 같은 이름의 한의원을 운영한다.

침을 놓으면서 L원장이 그런다. "요즘 꽃이 한창 피었어요. 주말에 비 오지 않으면 꽃구경 가려고 해요. 활짝 핀 꽃이 참 예쁘더라고요." "원장님은 이과니까 꽃에 대해 잘 아시죠?" "아니에요. 한의사들의 세계도 좁아요. 한약재나 알지 꽃이나 나무는 잘 몰라요." 그러더니 말을 잇는다. "우리 N원장은 좀 알아요. 한동안 들꽃에 빠져서 3년간 사진도 찍고 그랬답니다. 나중에 자기는 꽃 해설사 같은 거 하고 싶다고 하더라고요. 나는 별다른 취미가 없는데, N원장은 이런저런 취미가 많아요." 그러고 보니 N원장이 예전에 산악자전거 타는 게 취미라고 한 게 생각난다. L원장은 일도 있고 아이도 둘이나 되니까 다른 취미를 갖기가 어려웠을 게다. 부모가 같이 아이를 키운다고 하지만 아무래도 엄마 몫이 훨씬 클 테니까.

두 사람은 같은 대학 같은 과 동기다. 예전에 N원장하고 대화하다가 알았다. "두 분이 부부인 걸 몰랐어요. 저 사진이 같아서 부부라는 걸 알았지요." "그러셨어요? 누가 더 젊어 보여요?" "L원장님이 더 젊으신 거 아니에요?" 그랬더니 한숨을 푹 쉰다. "다들 그렇게 보더라고요. 동갑인데." 그때만 해도 나는 "둘이 다 젊어 보여요." 같은 말을 할 줄 몰랐다. 근데, L원장이 워낙 젊어 보여서 그렇지 N원장도 절대 나이 들어 보이는 사람은 아니었다.

L원장이 언젠가 나한테 책을 선물한 적이 있다. 『나는 죽을 때까지 재미있게 살고 싶다』(이근후 지음, 갤리온, 2013)란 책이었는데, "엄혜숙 님이 좋아할 거 같아요." 하면서 주었다. '아니, 어떻게 알았지? 내가 재미있게 살고 싶어 하는 걸.' 하고 생각하면서 그 책을 받았다. 오늘은 둘이 이런 얘기를 나누었다. "꽃이 예쁜 걸 알면 나이가 든 거라고 하던데요." "젊었을 때는 꽃에 관심이 없었죠!" 지금 활짝 핀 꽃은 곧 질 게다. 그러니 꽃이 피어 있는 동안에 꽃을 보며 즐거워해야지. 어제는 몸이 안 좋아서 밖에 못 나갔다. 오늘은 낮에 꽃구경 가려고 했는데 계속 비가 부슬부슬 온다. 이번 주말에도 비가 계속 오려나. (2021. 3. 27.)

동네 산책

056

사흘 만에 동네 산책을 나갔다. 날씨도 안 좋고 몸도 좋지 않아 어제 그제는 밖에 나가지 않았다. 종일 비가 부슬부슬 내리더니 오후에 비가 그쳤다. 이때다 싶어 밖으로 나왔다. 이틀 동안 나가지 않았더니 그동안 생활 쓰레기가 쌓였다. 둘이 사는데도 이렇게 쓰레기가 쌓이니 식구 많은 집은 어떨까 싶다. 책하고 음식밖에 사는 게 없는데도 생활 쓰레기가 넘쳐난다. 음식물 쓰레기와 포장 쓰레기를 정리하고 길을 나섰다.

날씨가 제법 쌀쌀하다. 비는 그쳤지만 습기가 가득한 날씨다. 우리 집이 있는 중심가는 아파트와 가게가 몰려 있다. 하지만 20분만 걸으면 과수원이 나오고 논밭이 나오고 대장천이 나온다. 얼마 전까지만 해도 과수원에 있는 매화

나무에 매화가 피지 않았다. 작은 꽃 몽우리만 맺혀 있었다. 그런데 와아, 어느새 매화가 활짝 피어 있었다. 과수원 바로 옆에서 보면 전체 모습을 볼 수 없어서 찻길 옆에 있는 보도 위를 걸으면서 매화나무 과수원을 내려다보았다. 연분홍빛깔이 어여쁘다. 저쪽에 버드나무 두 그루도 연둣빛으로 빛난다. 그런데 두 나무는 모양새도 다르고 빛깔도 다르다. 버드나무도 암수 나무가 따로 있나, 아니면 수종이 다른 건가.

길을 따라 논 옆을 걷는데 작은 물길에서 흰뺨검둥오리들이 퍼드덕 날아오른다. 겨울에는 논에 기러기들이 많았는데 이제는 다 날아가 버리고 흰뺨검둥오리들만 있다. 우리는 산책 삼아 걷는 거지만 흰뺨검둥오리들의 평온한 오후를 휘저은 것 같아 미안했다. 우리가 걷는 길 주변에는 꽃나무들이 많다. 과수원이나 농장 주변을 따라 매화나무, 살구나무, 목련이며 무궁화나무가 늘어서 있다. 오늘도 목련이 풍성하게 핀 나무를 보았다. 목련나무 옆에 버드나무가 있고 그 위에 있는 전깃줄에는 참새가 열매처럼 다닥다닥 앉아 있었다.

사실 대장천 주변에서 가장 많이 보는 새가 참새다. 참새는 너무 작고 빨라서 사진 찍기가 어렵다. 흰빰검둥오리는 사람이 오거나 말거나 자기 하던 대로 한다. 참새는 조금만 관심을 보이면 휘리릭 날아간다. 오늘은 어찌 된 일인지 참새들이 전깃줄이며 나뭇가지에 조롱조롱 매달려서 짹짹거린다. 날이 흐려서 그런가. 참새도 날씨 따라 기분이 다른 모양이다.

대장천은 이제 흰뺨검둥오리 차지가 되었다. 어딜 가도 흰뺨검둥오리가 있다. 쇠오리도 아직 꽤 남았는데, 주로 생태습지 주변에 있다. 새들도 서로 약속을 하는 건지 좋아하는 곳이 있는 건지 잘 모르겠다. 쇠오리도 텃새가 되는 걸까. 요즘 그 많던 백로가 한 마리도 보이지 않는다. 다 어디로 갔을까. 알을 품으러 주변에 있는 숲으로 간 걸까. 가끔 왜가리만 보일 뿐 백로는 전혀 보이지 않는다. 참, 오늘 청둥오리 한 마리를 보았다. 저번에 흰뺨검둥오리하고 같이 있던 그 청둥오리 같다. 혼자 있던데, 다음에는 누군가 같이 있으면 좋겠다. 물닭 한 마리도 생태습지에 혼자 있다. 처음에는 물닭 네 마리가 있었는데 곧 세 마리가 되었고 이제는 한 마리만 남아 있다. 물닭한테 친구들 어디 갔냐고 묻고 싶지만 물닭의 말을 모르니 묻지 못한다. 날이 흐려서 봄날 기분이 나지 않는다. 하지만 이제 곧 꽃피는 봄 4월이다. (2021. 3. 28.)

만남

057

오늘 순천에 그림책 작가 류재수 선생님 강연을 들으러 갔다. 류재수 선생님은 자신의 삶과 작품 활동을 일관성 있게 밀고 나가는 분이라 작가들은 물론 많은 사람들에게 존경과 사랑을 받는 분이다. 순천 원주 홍성 서울 곳곳에서 류 선생님 강연을 들으러 왔다. 코로나 시대라 그림책 관계자들만 신청하게 했다는데 50명 가까이 왔다. 우선 도서관 마당에서 『백두산 이야기』 창작 판소리 공연을 듣고, 2층 전시회장으로 들어가 현대무용으로 표현한 『금강산 이야기』의 세계를 감상하고, 그다음에는 『백두산 이야기』 중의 '혼돈'을 표현한 우리 음악을 들었다. 그러고는 1층 극장으로 와서 류재수 선생님의 강연을 들었다.

1부는 「나와 그림책과의 만남 - 영감은 어디에서 오는

가?」라는 주제로 류영선 비평가가 묻고 류재수 선생님이 대답하는 형식이었다. 류 선생님은 본래 『백두산 이야기』, 『돌이와 장수매』, 『금강산 이야기』, 『내 동생 알렉세이』, 이렇게 4권을 한 시리즈로 구상했다. 『백두산 이야기』는 15년 정도 걸려서 완성했고, 『돌이와 장수매』는 마감에 쫓겨 완성한 것이 맘에 안 들어 스스로 절판시켰고, 『금강산 이야기』는 마감을 훨씬 넘겨 이제야 완성했다. 『내 동생 알렉세이』는 서사를 완성하지 못해 작업이 지지부진하고.

류재수 선생님은 자기 정체성의 원천으로 '해송아기둥지'를 꼽았다. 친구들이 판자촌에 놀이방을 만들면서 미술을 하는 자신에게 팻말과 그림을 그려 달라고 했는데, 그 활동을 하면서 그림책 작가가 되었다는 것이다. 에피소드를 하나 들려주었다. 밤 10시가 다 되었는데 해송에 그냥 아이가 있었다. 아이는 지루해 죽겠다는 얼굴이다. 그런데 아빠가 붕어빵을 사 들고 오자 "아빠, 나 오늘 엄청 재미있었어." 하더라는 거다. 13평밖에 안 되는 곳이라 다 들을 수밖에 없었는데 그 말을 듣고는 가슴이 쿵 내려앉았고, 이런 아이들이 웃으며 살 수 있는 사회를 만들고 싶었다고 한다. 해송 아기둥지는 최근에 30년에 되었는데, 요즘 여기 오는 아이들은 바이올린을 켜고 오케스트라 만드는 걸 꿈꾼다고.

또 하나, 자기 정체성의 원천으로 미술 교사로서의 체험을 꼽았다. 결혼도 하고 먹고살아야 해서 강남 어느 학교의 미술 교사가 되었다고 한다. 그때도 해송 일을 하고 있었는데, 어느 날 한 아이가 끓는 물에 얼굴이 데었다. 학생들에게 그림을 그리게 하고 멍하니 있는데 한 학생이 "선생님, 어디 편찮으세요?" 하고 물었다. 하는 수 없이 해송에서 있었던 일을 얘기하고 "오늘은 내가 도저히 수업을 못 하겠다. 일찍 마치자." 하고 끝냈다. 다음 날 학교에 와서 미술실 문을 여는데 문이 안 열렸다. 학생들이 자기 용돈을 봉투에 넣어 미술실 문틈으로 밀어 넣었던 거다. 자기밖에 모른다고 생각한 강남 아이들이 보여 준 이 모습이 내 자신을 반성하게 했다. 학생들은 이거라도 써 주었으면 좋겠다는 메모와 함께 돈을 넣었는데, 누구도 자기 이름을 쓰지 않았다고 한다.

그 뒤 일본에서 유네스코 그림책 워크샵이 있었는데, 다시마 세이조가 지도 선생님이었다. 학교 교사로서 학생들이 그리웠고, 학생들이 비 오는 날 쓰고 왔던 우산이 떠올라 7장짜리 그림책 구상안을 만들었는데 그게 『노란 우산』이 되었다. 처음에는 디테일이 많은 형식으로 만들었다가 덜고 또 덜어서 지금과 같은 미니멀리즘 작품이 되었다고 한다.『노란 우산』에서 음악을 담당했던 신동일 음악가도 마침 맨 앞자리에 앉아 있었다. 뉴욕 타임즈 2002년 올해의 우수한 그림책으로 뽑히기도 했던『노란 우산』은 글 없는 그림책의 가능성을 보여 준 작품이었는데, 사연이 많았다.

2부는「한 권의 그림책이 의미하는 것 – 디지털 시대의 그림책」이란 주제였다. 현재 그림책이 처한 상황을 진단하면서 '그림책은 무엇을 어떻게 할 것인가'를 묻는 자리였다. 류 선생님은 우선 한국에서의 자기 동일성 문제를 제기하면서, 디지털 시대에서 그림책의 의미와 역할을 제시했다. 현대적인 그림책, 예술품으로서의 그림책, 독창성과 아름다움이 담긴 책, 세계시민으로서 소양을 기르는 그림책, 이것이 그 골자라고 할 수 있다. 2부는 류재수 선생님이 그림책을 만들고 향유하는 이들에게 생각할 거리를 던졌다고 하겠다.

참, 흥미로운 말씀도 했다. 대학에 갔는데, 속은 것 같아서 3년 동안 그림을 안 그리고『창작과 비평』을 전부 읽었다고 한다. 우리 집 K도 최근에 선배 비평가에 관한 평론을 쓰면서 자기들 70년대 후반 학번들은『창작과 비평』이 학습의 길잡이였다고 했는데, 같은 맥락이었다. 또 하나 재미있었던 일. 홍성에서 농사짓는 친구한테 매달 2번씩 꾸러미를 받고 있는데 순천그림책도서관에서 우연히 만났다. 류재수 선생님이 홍성에 귀농한 지 10년 되었다는데 친구가 사모님한테 언니라고 부르고 있었다. 친구는 풀무학교에 교사로 갔다가 동네 총각하고 결혼해서 농부가 되었다. 인연의 그물망은 성기지만 몹시 크고도 넓다. (2021. 3. 29.)

관계 맺기

058

이 시 「메쎄지」(J. 프레베르, 『歸鄕』, 김화영 옮김, 민음사, 1978)는 얼핏 보면 그냥 사물을 열거하고 있는 듯이 보인다. 문, 의자, 고양이, 과일, 편지, 의자, 문, 길, 숲, 강물, 병원. 그런데 화자는 단지 사물을 열거하는 데서 그치지 않는다. 그러한 사물이 누군가와 어떤 관계를 맺고 있다고 말한다. 문은 그냥 문이 아니다. 누군가가 열거나 누군가가 닫은 문이다. 의자는 그냥 의자가 아니다. 누군가가 앉거나 누군가가 넘어뜨린 의자다. 고양이도 그냥 혼자 있는 고양이가 아니다. 누군가가 쓰다듬은 고양이다. 과일도 자연 그대로의 과일이 아니라 누군가가 깨물은 과일이다. 편지도 마찬가지다. 누군가가 읽은 편지다. 길이며 숲이며 강물이며 병원도 마찬가지다. 누군가가 길을 달리고, 누군가가 숲을 가로지르고, 누군가가 강에 몸을 던지고, 누군가가 병원에서 죽는다.

프레베르는 왜 이런 시를 썼을까. 사물은 인간과 일정한 관계를 맺음으로써 인간의 의미망 속으로 들어오고, 그러한 의미망 속에서 인간은 자신의 삶을 구축한다는 것을 말하고 싶었던 게 아닐까. 세계가 내 앞에 펼쳐져 있지만, 내가 그 세계와 구체적 관계를 맺지 못한다면 그것은 그저 객관적 사물에 지나지 않을 것이다. 세계가 생생하게 살아나는 것은 내가 그 사물과 구체적인 행동을 통해 구체적인 관계를 맺어야 비로소 가능할 것이다. 그러한 순간의 의미를 프레베르는 '메쎄지'라고 칭한 게 아닐까 싶다.

이 시집은 초판이 1975년도에 나왔다. 내가 갖고 있는 것은 1978년에 나온 재판본이다. 가격을 보니 700원, 그것도 스티커가 붙어 있다. 아마도 재판을 찍었을 때는 700원보다 낮은 가격이었을 것이다. 요즘에는 쓰지 않은 한자들이 시집에 쓰인 것도 흥미롭다. 고등학교 때 가끔 가곤 했던 책방에서 구입한 것 같다. 그러고 보니 40년이 넘은 시집이다. 프레베르 시집을 한 권 더 갖고 있다. 『절망이 벤치 위에 앉아 있다』(김화영 옮김, 열화당, 1985)이다. 책 면지를 보면 1988년 1월에 구입한 모양이다. 가격은 2,000원.

여기에도 같은 시가 실려 있는데 제목이 '메시지'이다. 한자는 모두 한글로 바뀌었고, '누군가 깨물은 과일'이 '누군가 깨문 과일'로 바뀌었다. 나머지는 모두 같다. 작가 표기도 다르다. 앞의 시집에는 'J. 프레베르'라고 되어 있는데, 뒤의 시집에는 '자끄 프레베르'라고 되어 있다. 두 권이나 프레베르 시집을 산 걸 보면 한 10년간 프레베르를 좋아했나 보다. (2021. 3. 30.)

꽃구경 1

059

오늘은 날씨가 참 좋았다. 점심 먹고 일하다가 꽃구경하러 집을 나섰다. 집 가까운 화정중앙공원에 가보니 자목련이 피어 있었다. 여태껏 백목련만 피었는데 자목련이 피기 시작한 것이다. 날씨가 맑으니 벚꽃이 눈부시게 빛난다. 그런데 어떤 나무는 아직 꽃이 필 조짐도 없지만 어떤 나무는 꽃이 활짝 피어 있었다. 노란 황매도 햇살 좋은 양달에는 꽃이 활짝 피어 있고, 햇살 적은 응달에는 꽃봉오리가 맺혀 있다. 명자도 마찬가지다. 공원 여기저기에 명자나무를 심어 놓았는데, 햇살이 잘 비추는 곳에는 꽃이 활짝 피어 있고 그렇지 않은 곳에는 봉오리가 맺혀 있다. 이 지구에 사는 생물들이 태양의 에너지를 받아 살아간다는 걸 공원의 식물들이 잘 보여 주고 있었다.

지도공원 쪽으로 가는 길, 아파트 담을 따라 노랑 개나리꽃이 바람에 살랑살랑 몸을 뒤척이고 있었다. 예전에는 개나리꽃이 가장 먼저 피었는데 올해는 다른 봄꽃들하고 같이 피는 것 같다. 노랑 개나리꽃 사이사이로 연두색 이파리가 나왔는데 그 모습이 얼마나 예쁜지 모르겠다. 꽃도 예쁘지만 이파리도 작은 손처럼 바람에 흔들리는 게 보기 좋았다. 노랑 개나리꽃 길을 걸어가면 그 길 끝에 다른 꽃들이 나타난다. 노랑 황매와 분홍 벚꽃과 분홍 진달래, 진분홍 만첩풀또기와 빨강 명자꽃. 나는 마당 한 평 없이 살지만 주변에 공원이 여러 곳이니 그게 다 내 땅이거니 하면서 산다. 마당이 있어도 잘 가꾸지 않으면 지저분하니까, 나같이 게으른 사람에게는 공원이 더 좋을지도 모르겠다.

지도공원에 왔다. 그 사이에 공원 꽃나무들의 모습이 변했다. 며칠 전만 해도 살구나무에 꽃이 만발했다. 오늘 보니 살구꽃잎이 시들어 가고 있었다. 살구나무 아래에는 떨어진 꽃잎들이 바람에 이리저리 날린다. 화무십일홍花無十日紅이라더니…. 옆에서 K가 혼잣말을 한다. 살구꽃이 시들어 가면서 벚꽃이 피기 시작했다. 파란 하늘에 벚꽃이 눈부시게 빛난다. 커다란 벚나무 아래에는 벤치가 놓여 있고, 벤치마다 사람들이 앉아 있다. 젊은 청년들도 있고 나이 든 노인들도 있다. 코로나 때문에 힘든 시기라고는 하지만 그래도, 아니 그렇기 때문에 이 좋은 봄날을 만끽하고 싶은 것이리라. 벚나무 옆으로 키 작은 하얀 꽃나무들이 있어 '여기는 조팝나무에 꽃이 일찍 폈나?' 생각했는데 가까이 다가가서 보니 아니었다. 앵두나무에 꽃이 다닥다닥 핀 것이었다. 지도공원 나무들은 살구나무, 벚나무, 앵두나무, 다들 열매가 열리는 나무들이다. 누가 애써 가꾸지 않으니 열매가 크지는 않아도 이 열매들을 새들이며 벌레들이 즐겨 먹을 것이다.

지도공원을 크게 한 바퀴 돌다가 벚나무들이 한 줄로 길게 늘어선 곳으로 왔다. 오늘은 그야말로 꽃이 만발해서 꽃가지가 하늘을 덮을 듯하다. 촘촘하게 꽃이 핀 벚나무 가지에 직박구리 두 마리가 앉아서 꿀물을 빨아 먹고 있었다. 벚꽃 사이에서 꿀물을 빨아 먹는 새도 한창 즐거운 시간이리라. 벚나무 길 끝에는 정자가 있다. 이 정자에 앉았다. 작년 봄에 앉고 이제 앉았으니 1년 만에 앉은 셈이다. 내게 꿀은 없지만 시원한 물이 있다. 물 한 모금 마시고 한숨 돌린 다음 다시 걷기 시작했다. 대장천 쪽으로 발걸음을 옮겼다.

대장천 가는 길에도 꽃나무들이 여기저기 서 있다. 매화나무, 자두나무, 앵두나무, 백목련, 자목련. 이원수가 말한

'고향의 봄'이 낯설지 않다. 도시화 이전의 농촌은 어디나 비슷한 모습이었을 것이다. 대장천에 갔더니 이제는 흰뺨검둥오리와 쇠오리 밖에 없다. 대장천은 새들이 북적이는 겨울이 호시절이었던 것이다. 흰뺨검둥오리와 쇠오리 합해서 한 100마리쯤 대장천에 남아 있는 것 같다. 왜가리는 여전히 한 마리씩 있고, 백로는 어디 숨은 듯 전혀 보이지 않는다.

대장천 옆 매실 농장에는 키 작은 매실나무에 하얀 매화가 피었다. 농장 비닐하우스에 쓰여 있는 글을 보니 여러 가지 매실 체험활동도 하는 모양이다. 대장천 주변을 걷기 전에는 여기에 이런 농장이 있는 줄도 몰랐다. 대장천 주변 여기저기에 주말농장도 있고 꽤 커다란 장미농원도 있다. 사과 과수원, 배 과수원도 여러 곳이다. 과수원에 있는 배나무와 사과나무에는 아직 꽃망울이 맺히지 않았다. 배꽃도 사과꽃도 아름다울 텐데, 어서 꽃이 피면 좋겠다. 꽃구경하다가 세 시간이 훌쩍 지났다. (2021. 3. 31.)

꽃구경 2

060

어제 세 시간 넘게 꽃구경을 했지만, 꽃대궐 우리 동네를 다 돌아다니지 못했다. 오늘은 어제 가 보지 못한 쪽으로 갔다. 하루 사이에 꽃이 더 활짝 핀 것인지 아니면 이쪽에 유난히 벚나무가 많은 것인지, 꽃이 잔뜩 달린 벚나무 가지가 마치 궁륭처럼 늘어져 있는 길을 지나 성사공원으로 갔다. 성사공원 옆에는 고양에서 태어난 아이들을 기념하여 벚나무를 심은 벚꽃 동산이 있다. 공식 명칭은 '꽃우물 고양둥이 동산'이다. 작년에 우연히 이쪽 길을 걷다가 꽃잎 휘날리며 떨어지는 벚나무 아래 사람들이 삼삼오오 꽃구경하는 것을 보았다. 오늘 가 보았더니 주중인데도 사람이 많았다. 자리 깔고 누워서 이야기하는 젊은이들, 식구끼리 와서 사진 찍는 사람들, 낚시 의자까지 갖고 와서 편하게 앉아 차 마시는 사람들. 맘에 드는 벚꽃 가지를 한 손으로 잡고 사진 찍는 사람도 있었다. 꽃나무 아래서 다들 환하게 웃고 있었다. '사람이 꽃보다 아름다워!'란 말이 저절로 생각났다.

벚꽃동산을 지나 지렁동 쪽으로 갔다. 날이 어두워져서 가로등이 켜져 있었다. 화정2동의 한 구역인 지렁동은 개발되기 이전의 고양시를 잘 보여 주는 곳이다. 여전히 논밭이 많고 작은 구릉 사이에 집이 있는 곳도 많다. 어두워지는 저녁에 커다란 나무 한 그루가 논길에 서 있다. 꼭 논밭을 지키는 파수꾼 같다. 주변의 밭이며 논이 깔끔하게 정리되어 있었다. 얼마 전에는 여기저기 거름이 놓여 있었다. 어둑어둑한 밭에서 씨앗을 심는 농부 부부도 있었다. 꽤 나이가 든 분들이다. 조금 더 가니까 어떤 남자가 밭에 물을 주고 있었다. 그 옆으로는 엄청나게 큰 비닐하우스가 늘어서 있다. 고양시에 산 지 오래지만 이쪽으로 걸어와 본 건 1년밖에 안 된다. 비닐하우스에 무엇을 심는지 모르겠지만 다육이 농장이 아닐까 싶다. 비닐하우스에 적혀 있는 글을 얼핏 본 기억이 난다. 조금 더 걸으니 길가에 개나리꽃이 잔뜩 피어 있다. 노랑 개나리꽃 사이사이로 연한 초록 이파리가 나 있고 가로등 불빛에 노랑과 초록이 어울려 어여쁘게 빛난다.

이 길을 지나자 국사봉이 나왔다. 여기저기 식당들이 있고 그 사이에 빈터가 하나 있다. 국사봉은 동네 맛집이 모여 있는 곳이다. 식구들이나 동네 친구들하고 이쪽에 와서 몇 번 식사한 적이 있다. 어두운 빈터에서 하늘을 올려다보니 구름 사이로 시리우스가 환하게 빛난다. 다른 별들은 맨눈으로 보이지 않는다. 하지만 망원경으로 보니 삼태성도 리겔도 뚜렷하게 보였다. 구름 때문에 별이 안 보이는 것이지 별이 사라진 건 아니다.

어느새 8시가 다 되었다. 만두집에 들러 매운맛 만두를 한 팩 샀다. 집에 돌아와 만둣국을 끓여 세 개씩 나누어 먹었다, 나물무침에 포도주 한 잔씩 곁들여 마시면서. 어제도 오늘도 실컷 꽃구경했다. (2021. 4. 1.)

기대지 않고

061

「기대지 않고」(이바라기 노리코, 『처음 가는 마을』, 정수윤 옮김, 봄날의책, 2019)는 이해하기 쉬운 시다. 하지만 시가 담고 있는 사유는 가볍지 않다. 시인은 '만들어진' 사상, 종교, 학문, 권위에 기대고 싶지 않다고 한다. 우리는 대개 이미 '만들어진' 사상, 종교, 학문, 권위에 기대어 살고 있는데 말이다. 여기서 '만들어진' 것은 화자인 '나'가 만든 게 아닌 타인이 만든 것을 의미할 것이다. 그러므로 '만들어진' 것들에 기대지 않겠다는 것은 자신의 삶을 주체적으로 살아가겠다는 다짐이자 선언인 것이다. 시인은 '나의 눈과 귀'로 보고 듣고, '나의 두 다리로' 서겠다고 말한다. 자신이 기댈 것은 오로지 '의자 등받이뿐'이란 말은 그야말로 부처님이 말했다는 '천상천하 유아독존天上天下 唯我獨尊'에 맞먹는다 하겠다.

이바라기 노리코1926. 6. 12~2006. 2. 17. 본명은 미우라 노리코는 일본의 시인, 수필가, 동화작가, 각본가이다. 오사카에서 태어나 아이치 현에서 고등학교를 졸업하고 도쿄의 제국여자전문학교를 다녔다. 패전 후 희곡을 쓰기로 결심했고, 결혼 후 이바라기 노리코라는 필명으로 시를 쓰기 시작했다. 「내가 가장 예뻤을 때」, 「자기 감수성 정도는」 등으로 일본을 대표하는 시인이 되었다. 남편이 세상을 뜬 1976년부터 한국어를 배우기 시작했고, 만년에는 한국시를 꾸준히 번역했다. 윤동주를 일본에 널리 알린 시인이기도 하다.

얼마 전 책방에서 『이바라기 노리코 시집』(이바라기 노리코 지음, 윤수연 옮김, 스타북스)을 발견해서 시집을 샀다. 그러다가 정수윤이 번역한 시집 『처음 가는 마을』을 샀는데, 같은 시라도 말맛이 상당히 다르다. 역시 시 번역은 어렵구나. 나도 '의자 등받이' 말고는 그 무엇에도 기대지 않고 살아가고 싶다. (2021. 4. 2.)

별을 보며

062

별을 보며 걸을 때가 종종 있다. 그러다 보니 아무래도 별에 관심을 갖게 된다. 시인들은 별을 어떻게 보고 있을까. 이 시 「별」(아담 자가예프스키, 『타인만이 우리를 구원한다』, 최성은·이지원 옮김, 문학의숲, 2012)을 보면, 화자는 자신이 젊을 때 다녔던 대학이 있는 도시에 오랜만에 돌아온 상태다. 그 도시는 몇 년이나 지났지만 그다지 변하지 않았다. 변한 것은 자신뿐. 화자는 자신이 더 이상 철학과 시를 좋아하던 호기심 많은 학생도 아니고, 너무나도 많은 시를 써 대던 젊은 시인도 아니라고 말한다. 이제는 나이가 든 것이다. 화자는 아직도 자신의 길을 못 찾고 있다. 젊을 때처럼 여전히 미로를 헤매고 있는 것이다. 그러나 화자는 아직도 밝은 별이 나를 인도하고 있다고 말한다. 여기서 주목할 단어는 '아직도'이다. 젊은 시절에도, 나이 든 지금도 여전히 자신은 계속 길을 찾고 있으며, 그러한 자신을 '밝은 별'이 여전히 이끈다는 의미이기 때문이다.

아담 자가예프스키Adam Zagajewski, 1945. 6. 21~2021. 3. 21는 폴란드의 시인으로 리비우에서 태어났다. 어린 시절 가족과 함께 가축 운반차에 실려 추방당한 경험이 있고, 청년 시절에 쿠라쿠프의 야기엘론스키 대학을 다녔다. 이 시가 시인의 자전적 경험을 담고 있다고 한다면, 시인은 젊은 시절부터 지금까지 철학과 시에 관심이 많았고, 시를 많이 썼고, 여전히 길을 모색하고 있다고 할 것이다. 그렇다면 '밝은 별'은 무엇을 의미할까? 젊은 시절부터 지금까지 시인이 추구했던 이상이나 꿈이 아닐까. 어두운 밤에도 별은 밝게 빛난다. 암담한 현실에 매몰되지 않고 시인은 늘 '밝은 별'을 바라보며 살아왔을 것이다. 나이 들어 망가지는 사람을 많이 보았다. 아마 밝은 별을 잃은 탓일 게다. 나도 밝은 별 하나 마음에 품고 살아야겠다. (2021. 4. 3.)

벚꽃

063

요즘 벚꽃이 한창이다. 며칠 전부터 날마다 두어 시간씩 꽃 구경하며 동네 여기저기를 걷고 있다. 오늘 보니 날씨도 좋고 벚꽃도 화사하게 피어 그야말로 절정의 날이었다. 마치 꽃 폭발이 일어난 듯이 가지마다 벚꽃이 가득 달려 있었다. 이바라기 노리코의 시 「벚꽃」(『처음 가는 마을』, 정수윤 옮김, 봄날의책, 2019)을 읽어 본다. 시인은 이런 날 벚꽃을 보며 이런 삶의 한 순간이 '사랑스런 신기루'라고 말한다. 이 아름답고도 찬란한 순간은 순식간이고 나머지는 죽음과도 같다고 말하는 것이다. 꼭 벚꽃이 아니더라도 꽃은 절정의 순간이 지나면 지기 시작한다. 그렇게 꽃이 져야 열매가 달리고 자라기 시작하는 것이다. 꽃의 죽음이야말로 열매의 삶과 연결되는 것이고, 그렇게 죽음과 삶은 하나로 엮여 있다고도 할 수 있겠다.

나도 벚꽃을 지금까지 몇 번이나 보았는지 잘 모르겠다. 어릴 때 본 건 잘 기억나지 않는다. 작년 봄에도 여기저기 꽃구경하러 다녔는데 올해처럼 아름답다고 느끼지는 않았던 것 같다. 지금 동네 꽃들이 서로 다투어 피어난다. 연분홍 벚꽃, 노랑 개나리꽃, 하양 조팝꽃, 분홍 진달래꽃, 연두색 버드나무들이 길가에, 밭둑에, 산에 피어 있다. 하양 매화꽃과 연분홍 살구꽃이 이미 져서 아쉬웠지만, 백목련도 이미 지기 시작했지만, 그보다도 훨씬 더 많은 꽃들이 피어난다. 오늘 성사공원에 갔더니 여기저기에 보라색 제비꽃과 노란색 민들레가 땅바닥에 소담스럽게 피어 있었다. 꽃피는 봄, 꽃피는 사월이란 말이 왜 나왔는지 알겠다.

슬픈 일이 너무나도 많은 4월. 그러나 너무 슬퍼하기보다는 애써 마음을 밝게 가져 보려고 한다. 꽃도 곧 시들어 땅에 떨어져 썩겠지만 살아 있는 동안 아름답게 피지 않는가. 꽃 보며 산만해지는 마음을 단속해 본다. (2021. 4. 4.)

나무의 꿈

064

고등학생 시절 책방에서 하나 둘 사서 모았던 시집 중에 정현종시선집 『苦痛(고통)의 祝祭(축제)』(민음사, 1974 초판, 1978 재판본)이 있었다. 처음 이 시 「事物(사물)의 꿈1 – 나무의 꿈」를 읽었을 때, 나에게 나무는 의인화된 존재였다. 나무가 꼭 누군가를 사랑하는 사람과 닮아 있었기 때문이다. 이 시의 나무를 좋아했지만 그건 나무같이 늠름한 사람, 믿음직한 사람, 그런 이미지였다. 그런데 언제부터인가 내 곁에 실재하는 나무를 좋아하게 되었다. 한자리에 있으면서 잠자코 시간을 견뎌 내는 나무를 보며 감탄과 존경의 마음을 보내지 않을 수 없었다. 인간이 여기저기 마구 잘라도 죽지 않고 사는 모습에 감탄할 수밖에 없었다. 만일 내가 종교를 갖는다면 나무교 신자가 되겠다고 마음먹은 적도 있었다. '수목인간'이란 말이 있듯이 나무는 인간의 삶과 함께해 왔다. 나무를 보면 하늘 높이 나뭇가지를 뻗을수록 땅 아래 깊이 더 깊이 뿌리를 내릴 거라는 생각을 하곤 했다.

대학 시절인가 대학원 시절인가 명확하지 않은데, 정현종 선생님이 학교 뒤편 숲에서 수업을 한 적이 있다. 나뭇가지에 나뭇잎이 제법 달려 있었으니까 이른 봄은 아니었던 것 같다. 그때 유토피아 이야기를 하면서 no-where은 now-here이라고 하시던 게 생각난다. '지금·여기'가 바로 유토피아라는 말은 오랫동안 귀에 맴돌았다. 어쩌면 말장난 같던 그 순간이 또렷하게 생각나는 건, '지금·여기' 말고는 또 다른 삶이 없다고 그때 생각했기 때문이었다.

이제 다시 읽어도 이 시는 좋다. 나무 위에 흘러내리는 햇빛, 내리는 비, 부는 바람에 대해 언급하는데, 그것들은 나무와 '입 맞추며' '뺨 비비며' 바람이 불어 '자기의 생이 흔들리는' 것이다. 그만큼 나무와 햇빛, 나무와 비, 나무와 바람은 밀접한 관계이며, 그로 인해 나무는 '꿈꾸고' '자기 생이 흔들리는 소리를 듣는다.' 이 시가 왜 내 마음을 건드렸나 생각해 보면, 촉각적이고 청각적인 상상력 때문인 것 같다. 이 시에서는 나무의 움직임, 나뭇잎의 움직임이 시각적인 데서 그치는 게 아니라 촉각적이며 청각적으로 표현되어, 모든 감각을 동원하여 나무처럼 느끼게 만든다.

새가 땅과 하늘을 잇는 존재라면 나무도 하늘과 땅을 잇는 존재다. 단군이 신단수 아래 신시를 펼쳤다는 것은 하늘과 땅을 잇는 '세계수' 아래에서 문명을 열었다는 의미일 것이다. 그만큼 나무는 우리 신화에서 중요한 위치를 차지한다. 하늘의 존재인 환웅이 땅의 존재인 웅녀를 만나 단군을 낳았다는 신화는 우리 민족이 자신을 이해하고자 만든 이야기일 것이다. 정현종이 「나무의 꿈」에서 그려 낸 나무는 시인 자신을 이해하기 위한 이야기일 것이다. 바람에 생이 마구 흔들리지만 늘 무언가 꿈꾸는 나무. 그런 나무의 모습을 보며 늘 흔들리는 우리도 무언가 꿈꾸게 되는 게 아닐까. (2021. 4. 5.)

하루살이

065

날마다 하루살이 같은 삶을 사는구나 싶다. 별다른 고민도, 별다른 꿈도 없이 그냥 하루하루 보내는 것 같다. 그렇다고 이게 괴로운 건 아니다. 어쩌면 요즘이야말로 가장 근심 걱정이 없는 나날인 것 같다. 예전에는 하고 싶은 것도 많고 이루고 싶은 것도 많았기 때문에 마음대로 안 되면 괴로워하곤 했다. 그런데 언제부터인가 그런 게 없어졌다. 마음이 편해진 건 좋은데 과연 인간이 이렇게 살아도 되나 싶기도 하다.

오늘 젊은 편집자에게 전화를 받았다. 얼마 전에 여성 곤충학자에 관한 그림책을 함께 작업했는데 어제 책이 나와서 원서와 함께 기증본을 부쳤다고 한다. 작업 마치고 메일을 보낼 때, 마감하고 나서 시간 내서 한번 보자고 했더니 그걸 잊지 않고 전화한 것이다. 우리 동네에서 가까운 곳에 살았는데 얼마 전에 이사했다고 한다. 약속 시간을 정하고, 어디서 만날지는 서로 알아보기로 했다. 나는 길치인지라 웬만하면 찾기 좋은 데서 보자고 했고, 그 친구는 운전하니까 자기는 어디든 좋다고 했다. 결국 얼마 전에 생긴 우리 동네 화덕피자 집에서 보기로 했다.

한 달에 한 번씩 그림책 읽는 모임을 넷이서 3년 정도 했다. 모임 중의 한 사람이 출판사를 내면서 당분간 모임을 쉬기로 했다. 그런데 얼마 전에 출판사 사무실을 옮겼다며, 시간 되면 내일 함께 보자고 단톡방에 문자를 올렸다. 모임 중의 한 사람하고 편집자와 필자로 만날 일이 있는데, 다른 사람 시간이 어떠냐고 묻는 것이다. 나는 이번 주까지 마무리할 일이 있고 다른 사람도 시간이 여의치 않아 4월 셋째 주에 보기로 했다. 그러고 보니 함께 만난 지 어언 1년이 더 지났다. 시간 빨리 간다.

하루살이 삶이기는 하지만 가끔 이런 문자나 전화 덕분에 이 세상에서 나 혼자 사는 게 아니라는 생각을 한다. 사람을 만나 서로 자극도 받고 서로 격려도 하며 살아가는 게 기본인데, 코로나 때문에 혼자 있는 시간이 많으니 내 자신이 느슨해지는 것 같다. 하기야 이제는 속도를 줄여

가야 할 때도 되었다. 올림픽에 나갈 것도 아닌데 '좀 더 빨리, 좀 더 많이!' 하면서 사는 걸 바꾸어야겠지. 오늘부터 작업량 많은 일을 다시 시작했다. 한동안 열심히 작업하다가 그만 손을 놓고 있었다. 3월 31일에 담당 편집자에게 안부 인사와 함께 독촉 문자를 받았다. 어서 마치려면 좀 더 힘내야겠지. 하루살이에게도 가끔은 계획이 필요하다. (2021. 4. 6.)

KORAIL

행주산성에서

066

오늘 행주산성에 갔다. 얼마 전 행주산성에 갔는데 문이 닫혀 있었다. 월요일에 문 닫는다는 것을 미처 생각하지 못했다. 점심 먹고 집을 나섰다. 오가는 시간이 30분씩 걸리기 때문에 시간 여유가 있을 때 행주산성에 가야 한다. 오늘은 날씨도 좋다. 버스에서 내려서 천천히 행주산성 꼭대기까지 올라갔다. 행주산성 꼭대기에서 주변을 둘러보았다. 한강과 창릉천이 만나는 곳, 자유로, 제2자유로, 여러 도로가 거미줄처럼 얽혀 있었다. 수많은 자동차가 그 위를 빠르게 오고 간다.

덕양정에서 잠깐 쉬고 진강정을 지나 행주산성 아래로 내려왔다. 다리가 후들후들 떨린다. 1년 넘게 거의 매일 걷지만, 평지에서 천천히 걷는지라 체력이 별로 좋아지지 않은 모양이다.

한강변이 나온다. 예전에는 진흙길이었는데 길을 정비해서 나무 길로 이어져 있다. 나무로 만든 전망대에서 보니 새들이 한강변에 잔뜩 모여 있다. 망원경으로 보니 넓적부리, 개마우지, 청둥오리, 흰뺨검둥오리 들이다. 철새인 넓적부리와 청둥오리도 여러 마리 있다. "여기는 새들 살기에 최적의 장소 같아. 인적이 드문 산이 바로 옆에 있으니 둥지 짓기에 좋을 거 아니야. 새끼 낳아서 물로 데려오기도 좋고." K가 새들을 보며 말한다.

조금 더 가니 한강과 창릉천이 만나는 곳이다. 얼마 전까지만 해도 이곳에 넓적부리와 물닭이 많았다. 와아! 예전보다는 적어졌지만 넓적부리, 물닭, 흰뺨검둥오리가 여전히 많다. 대장천에는 넓적부리와 물닭이 모두 사라졌는데.

대덕생태공원을 한 바퀴 돌았다. 대덕생태공원에는 버드나무가 주변을 온통 연두빛으로 물들이고 있었다. 행주산성이 있는 덕양산만 하더라도 벚나무며 자두나무, 진달래가 여기저기에서 꽃을 피우고 있었다. 여기는 완전히 버드나무 천국이었다. 하늘을 향해 부드럽게 나뭇가지를 뻗고 있는 버드나무. 땅 아래로 나뭇가지를 늘어뜨린 수양버드나무. 한강변의 버드나무는 대개 덩치가 크다. 그런데 그

사이 여기저기에 어린 버드나무가 있다. 아마도 바람이 씨를 날려서 어린 버드나무가 자라게 된 것 같다.

해가 뉘엿뉘엿 지기 시작했다. 배수장 쪽으로 가서 버스를 타기로 했다. 창릉천변을 걸어 배수장 쪽으로 가는데 팔뚝만한 잉어가 하늘로 솟구쳤다가 철퍼덕 떨어졌다. 창릉천변에도 버드나무가 많다. 사람이 오가는 길옆에 널따란 밭이 있고 그 밭 옆에 차가 오가는 찻길이 있는데, 가로수가 벚나무다. 잎이 많이 나서 한창때 벚꽃의 아름다움은 사라졌지만 바람이 불 때마다 벚꽃이 눈처럼 흩날린다.

어느새 하늘을 붉게 물들이며 해가 지고 있었다. 해가 6시 9분에 떠서 7시에 진다더니 낮이 길어졌다. 덕양산을 배경으로 지는 해는 아름다웠다. 버스는 6시 50분에 출발한다고 한다. 버스 안에서 10분쯤 쉬면서 해가 지는 광경을 보았다. 둥근 해가 전깃줄 위에 있다가, 전깃줄 사이에 있다가, 어느새 전깃줄 밑으로 툭 떨어졌다. 그동안에도 배수장에서 가마우지는 열심히 먹이 활동을 한다. 흰뺨검둥오리 두 마리는 물에 둥둥 떠 있고. (2021. 4. 7.)

그림책의 마음

067

서울과 부산의 시장 선거를 보고 있자니 마음이 답답하다. 나야 서울 사람도 아니고 부산 사람도 아니지만, 유권자들이 차악과 최악 가운데서 최악을 선택한다는 생각에 가슴이 답답하다. 여당인 민주당이 잘하는 게 별로 없지만, 그렇다고 감옥살이하는 대통령을 둘이나 배출한 야당이 정말 '국민의 힘'인지 의문이 든다. 사실 민주당이든 국민의 힘 당이든 둘 다 보수적인 정당이고, 진보를 자처하는 정의당이나 녹색당은 제도권 정치에서 전혀 힘을 발휘하지 못하고 있다. 게다가 이번 선거에서 민주당은 큰 실책을 했다. 시장 후보를 내지 않겠다고 해놓고 시장 후보를 내놓았다. 정의당이나 녹색당, 아니면 진보적인 시민단체에서 시장 후보가 나왔어야 하지 않나. 국민하고 한 약속을 헌신짝처럼 내던지면서 국민의 지지를 받기를 바란다면 어불성설이 아닌가.

내가 답답해 봤자 현실은 달라지는 것도 없고, 작업도 별진척이 없어서 책상에 있는 책을 하나 펴서 읽기 시작했다. 『그림책의 마음』(이나미·조자현 지음, 다산기획, 2020)이라니, 제목이 좋다. 융의 심층심리학을 연구한 두 정신과 의사가 그림책을 읽고 해석해서 쓴 책이다. 옛이야기를 심층 심리학적으로 해석한 글은 꽤 있는데 그림책을 해석해서 쓴 글은 드문지라, 그림책을 읽고 두 필자가 써 내려간 글은 새로운 시도가 아닐 수 없다. 차례를 보니 그림책 16권에 관한 글이다. 이 중에 두 권은 아직 읽지 못한 책이다. 그렇지만 책을 읽어 가는 데는 큰 문제가 없어서 그냥 읽기 시작했다. 현재 세 편을 읽었는데, 깊이가 있고 좋다. 독자가 스스로 생각하게 만든다. 자신이 해석하는 대상에 대해 자유자재로 말할 수 있는 좋은 책이다. 천천히 아껴 가며 읽고 싶은 책이다. (2021. 4. 8.)

평범한 하루

068

새벽에 우리 집 K가 어지럽다고 하더니 두 시간 가까이 진땀을 흘리며 토했다. 5시쯤에서야 좀 진정이 되었는지 속이 쓰리다며 꿀물을 타 달라고 한다. 꿀물 한 잔도 다 마시지 못하고 다시 누우며 나보고 자라고 한다. 피곤하기는 한데 걱정도 되고 해서 6시쯤에나 잠이 들었다. 9시쯤 잠이 깼는데 K도 깨어 있었다. 괜찮으냐고 물었더니, 토해서 위는 쓰린데 어지러운 건 많이 가셨다고 한다. 뭔가 먹어야 하는데 밥은 무리일 거 같아서 "죽 먹는 게 어때?" 했더니 "죽집이 열었을까?" 한다. 죽집에 전화를 걸었더니 열었다고 한다. 전화를 끊고 죽집 열었다고 하니까 "야채 죽하고 쇠고기 버섯 죽이 괜찮을 거 같아." 한다. 다시 죽집에 전화해서 죽을 주문하고 언제쯤 되느냐고 물으니 20분 뒤에 오란다.

죽집까지 가는데 공원을 지난다. 아이들이 물놀이하던 분수를 지난다. '작년에는 여기 한적했지. 올해는 어떨지….' 생각하며 지난다. 아침 9시 반도 안 되었는데 공원 벤치에 젊은 아주머니 셋이 수다를 나누고 있었다. 아침 공원에서 활기차게 수다 나누고 있는 젊은 아주머니들을 보니 기운이 난다. 공원을 나서서 좀 더 걸으면 가게들이 늘어서 있고, 그중의 하나가 죽집이다. 문을 열고 들어서니 이미 포장이 다 되어 있다. 절반씩 담아 달라고 했더니 그렇게 포장해 주었다. 먹고 남기는 것보다는 아예 작게 포장해 가는 게 편리하다. 죽값을 내고, 꾸러미를 들고 집으로 왔다. 어느새 10시가 다 되었다.

죽을 먹으며 K가 묻는다. "오늘 점심때 약속 있다고 하지 않았어?" "응, 아까 약속 미루었어. 급한 용무가 있는 게 아니라서 다음에 만나도 돼." 그러고는 "병원에 가야 하지 않겠어?" 하고 물었더니 "글쎄, 경과를 보고." 한다. 그러더니 단골 한의원에 전화를 한다. 증상을 말하고 조언을 들을 모양이다. 전화를 끊는 걸 보고 물었다. "뭐래?" "응, 급체일지도 모르겠다고 하네." "내일 같이 병원에 가자." "좀 두고 보고." 죽을 먹고는 둘 다 피곤해서 낮잠을 잤다.

오후에 상태를 물으니 어지러운 건 없는데 속이 쓰리단다. 그러더니 "가까운 공원이라도 좀 걷자."고 한다. 집 근처 공원을 걷다가 K가 그런다. "아프니까 좋네. 마누라가 알아서 죄다 하고." "무슨 말이야?" "아침도 그렇고, 저녁도 당신 혼자 다 할 거 아니야. 그러니까 하는 말이지." "아프니까 좋기는 뭐가 좋아. 어지럽다고 앉지도 눕지도 못했으면서." 좀 두고 봐야겠지만, 아침에 깜짝 놀랐다. 그저 그런 평범한 하루가 감사한 하루란 생각이 들었다. (2021. 4. 9.)

호모 에로스

069

전화가 왔다. 10시에 줌 독서 모임이 있는데 내가 잊었던 것이다. 오늘 읽고 대화할 부분은 『옛이야기의 힘』(신동흔, 나무의철학, 2020)에서 '파트3 호모 에로스 – 사랑하니까 인간이다'. 『그림형제 민담집』에서 라푼첼, 요린데와 요링겔, 왕이 된 새샙이, 업둥이, 장미공주, 재투성이 아셴푸텔, 하얀 신부와 까만 신부, 개구리 왕자, 불쌍한 방앗간 젊은이와 고양이, 지빠귀부리 왕, 현명한 카타리나, 현명한 아내 만카, 연못 속의 요정 닉세 등 사랑과 결혼을 다룬 민담의 의미를 다루고 있다. 독서 모임에서 많은 대화를 나눈 민담은 「라푼첼」, 「콩쥐팥쥐」, 「하얀 신부와 까만 신부」, 「개구리 왕자」였다.

「라푼첼」에서 마녀는 부정적인 엄마의 상징이다. 딸을

자신의 분신처럼 여기는 엄마는 딸을 아무도 못 만나게 문이 없는 탑에 가둔다. 라푼첼은 왕자를 만나게 되고, 그 사실을 알게 된 마녀는 라푼첼을 내쫓는다. 라푼첼을 찾아온 왕자는 마녀를 만나고 도망치다가 다쳐서 눈이 먼다. 라푼첼은 쌍둥이 오누이를 키우며 살다가 라푼첼의 노랫 소리를 듣고 찾아온 왕자를 만난다. 라푼첼의 눈물은 눈 먼 왕자의 눈을 뜨게 한다. 진정한 사랑이란 자립과 고독에 따른 고통을 동반하며, 부모의 지배에서 벗어나는 것이 사랑의 전제조건이란 것을 이 민담은 잘 보여 준다. 엄마가 상추를 먹고 싶어 해서 딸을 마녀에게 빼앗긴다는 것은 엄마의 욕망으로 인해 딸이 자유로운 삶을 살지 못하는 것을 의미하며, 따라서 엄마와 마녀가 동일한 인물이라는 해석이 참신했다.

「콩쥐팥쥐」, 「하얀 신부와 까만 신부」에서는 아내가 바뀌었는데도 알아차리지 못하는 남편이 나온다. 둘 다 계모가 나오고 예쁘고 착한 큰딸, 못나고 못된 작은딸이 나온다. 계모의 간계로 인해 신부가 바뀌는데도 남편은 알아차리지 못하는데, 어떤 의미일까. 남편에게는 가정 말고도 공적인 영역이 있지만 아내에게는 남편이 자신의 삶에서 가장 중요한 인물일 게다. 그래서 아내가 바뀌었어도 어떤 계기가 있기 전에는 그걸 알아차릴 수 없는 게 아닐까 하는 얘기가 나왔다. 요즘은 여자도 사회생활을 하지만, 가정과 가족의 중요도는 여자와 남자에게 똑같지 않다는 얘기도 나왔다.

「개구리 왕자」에서는 공주가 개구리를 벽에 던지자 개구리가 왕자로 변했다는 게 무슨 의미일까에 대해 많은 대화를 했다. 황금 공을 찾아 주는 대신에 같은 식탁에서 밥을 먹고 같은 침대에서 자게 해 달라고 하는 개구리. 공주는 황금 공을 찾자 얼른 궁궐로 도망친다. 그런데 개구리가 궁궐로 찾아와 공주에게 약속을 지키게 한다. 화가 난 공주는 벽에다 개구리를 내던진다. 이건 결혼 생활에서 벌어지는 격렬한 싸움 같은 게 아닐까. 결혼하면 가사나 육아를 당연이 여자의 일로 여기지만, 그렇게 일하다 보면 화가 나서 다투게 되고, 그런 과정을 거쳐 남자가 좋은 모습으로 변해 가는 것을 보여 주는 게 아닐까 하고 말이다. (2021. 4. 10.)

갑작스런 만남

070

어젯밤에 문자가 왔다. '그림책이 나왔는데, 이참에 만나서 책도 드리고 차라도 한잔 마셨으면 좋겠다.'는 문자였다. 문자를 본 시간이 너무 늦어서 '내일 오전에 통화하자.'는 문자를 보냈다. 몇 달 전 있었던 일이다. 어느 출판사에서 그림책을 한 권 내려고 한다며 추천사를 부탁했다. 처음 보는 작가의 글과 그림이었는데, 대자연 속에서 살아가는 어윈커 족의 삶을 다룬 작품이었다. 아직은 훼손되지 않은 웅장한 자연 속에서 자연과 함께 살아가는 모습이 감동적이었다. 나는 이 작품에 대한 소견을 짧게 써 보냈다. 그 책이 이제 출간된 것이다.

이 출판사 대표는 큰 출판사의 월급 사장으로 있다가 독립해서 출판사를 차렸다. 내게 문자 한 이는 이 출판사 대표의 부인인데, 그림책 작가이자 일러스트레이터이다. 예전에 H문화센터에서 내 강의를 들었는데, 그 뒤로 인연이 계속 이어지고 있다.

오전에 전화해서 약속 시간을 잡았다. 내가 뚜벅이라 우리 집 밑에 있는 커피집에서 만나기로 했다. 오후 4시, 커피집에 내려가 보니 출판사 대표의 부인과 따님이 와 있다. 사실 추천사 썼다고 해서 직접 만나지는 않는다. 책을 부치고 책을 받으면 그만이다. 이렇게 만나는 것은 드문 일이다. 얘기하다 보니까 따님이 그림책 작가가 되려고 그림책 학교에 다니고 있었다. 예전에 파주 디자인학교에 다니다가 그만두었다고 들었는데, 여전히 그림 그리는 일에 관심이 있나 보다. 따님이 같이 오는 줄 알았으면 내가 번역한 그림책을 여러 권 선물했을 텐데, 최근에 나온 그림책 한 권만 갖고 내려갔다. 따님은 그림책에 관심이 있으니까 내가 건넨 그림책을 꼼꼼하게 살펴본다.

화가이자 그림책 작가인 엄마는 아이디어가 많은데 막상 작업할 시간이 별로 없다. 농사도 짓고, 헌옷 리사이클링 작품도 만들고, 초등학교에 나가 미술 수업도 한다. 출판사와 살림집을 따로 쓰고 있다가 책은 잘 팔리지 않고, 임대료는 계속 들어가 출판사와 살림집을 하나로 합쳤다는 말도 들었다. 오늘 보니 엄마나 따님이나 둘 다 웃는 얼굴이다. 엄마가 초등학교에서 미술 수업한 경험을 들려준다. 관찰과 표현에 관한 경험이다. 사실 그림을 그리든 글을 쓰든 관찰이 반드시 필요하다. 그리고 자기 나름대로 특색 있게 표현하는 게 필요하다.

이 출판사가 부디 잘되었으면 좋겠다, 이번에 나온 책이 독자에게 사랑받았으면 좋겠다, 따님이 작가로서 자신감 갖고 자기 작업을 시작했으면 좋겠다, 엄마가 화가로서 그림책 작가로서 든든하게 버텨 주었으면 좋겠다. 가끔 이런 생각을 하며 대화를 나누었다. 헤어질 때 보니 따님이 엄마보다 키가 훨씬 크다. 앉아 있을 때는 얼굴이 작아 키가 큰 줄 몰랐다. 내 옆에는 착하고 성실한 사람들이 많다. 내가 복이 많다. (2021. 4. 11.)

책방 나들이

071

비 오는 월요일, 책방에 갔다. 주문한 책도 가져오고, 다른 책도 살펴보려고 갔다. 작년만 해도 매주 한 번씩 책방에 가서 그림 메르헨을 함께 읽었고, 책방 간 김에 읽고 싶은 책을 한두 권씩 사곤 했다. 4인 이상 모임이 금지되면서 그림 메르헨 읽기 모임도 중단되었다. 매주 만나 공부도 하고 이야기도 나누던 모임이 중단되니 일종의 금단현상이 생겼다. 책이야 인터넷 서점에서 주문해서 보거나 도서관에서 빌려 봐도 되지만, 서로 허심탄회하게 대화 나누는 기회가 적어진 것이다. 금방 시작할 수 있을 것 같은 모임은 자꾸 미루어지다가, 요즘은 줌으로 모인다. 줌 모임은 직접 얼굴 보며 하는 모임과는 다르지만, 아주 접촉이 없는 것보다는 낫다.

오랜만에 갔더니 탁자의 위치가 변했다. 공부 모임에 알맞게 두 개 맞붙어 있던 탁자가 커다란 창문 앞에 나란히 놓여 있었다. 책방에 들르는 사람이 편하게 책을 보거나 글을 쓸 수 있게 배치한 것이다. 비 내리는 창밖을 내다보며, 커피를 마시며 주문한 책을 읽었다. 그림책 두 권과 새에 관한 책 한 권을 주문했는데, 그림책은 모두 페북 친구의 책이다. 새에 관한 책도 페북 친구의 포스팅을 보고 주문했다. 산책을 하면서 새에 관해 관심을 갖게 되었다. 상세하게 알 수는 없겠지만, 눈에 띄는 새가 있으면 알아보려고 샀다. 그런데 책방에 오자마자 눈에 띄는 책이 있어 두 권을 더 샀다. 세계의 여러 시장을 담은 사진 책과 유은실 작가가 쓴 새 작품이다.

조금 있으니 그림 메르헨을 이끄는 L선생님이 왔다. L선생님은 줌으로 매주 만나지만 직접 보는 건 몇 달 만이다. L선생님은 책방 근처에 산다. 특별한 볼일이 없더라도 자주 책방에 들른다. 오늘도 책방에서 그림책 두 권을 읽고 갔다. 우리 집에서 걸어갈 만한 곳에 이런 책방이 있었으면 좋겠다. 책방이나 도서관의 장점은 내가 미처 몰랐던 책을 발견할 기회가 있다는 거다. 오늘도 두 권이나 미처 몰랐던 책을 사지 않았나. 도서관이었으면 빌리려던 책 세 권, 빌리려고 하지 않았던 책 두 권을 빌려 왔을 것이다.

7시 20분쯤 책방을 나왔다. 버스를 타러 가는데 불 켜진 가게들이 따뜻해 보였다. 추적추적 내리는 비 때문에 더 그런 기분이었다. 불 켜진 우리 집을 머리에 떠올리면서 집으로 돌아왔다. (2021. 4. 12.)

오늘도 걷는다

072

점심 먹고 대장천에 갔다. 요새는 대장천에 오리들이 별로 없다. 나날이 풀만 푸르러 간다. 주변 과수원이며 밭이 나날이 달라진다. 아직은 밭에 심은 작물이 거의 없지만, 비닐하우스에서는 초록 식물들이 쑥쑥 자란다. 대장천 주변 배나무에 배꽃이 활짝 피었다. 배꽃이 진짜 아름다웠다. 벚꽃이나 자두꽃, 매화꽃에 비해 꽃도 꽤 컸다. 배꽃을 보며 K가 그런다. "왜 여자대학에 이화란 이름을 붙였는지 알겠네!" 문득 예전에 배운 시조가 떠올랐다. "이화에 월백하고 은한이 삼경인제… 배꽃에 하얀 달이 찾아오고 삼경에 은한이… 은한이 뭘까?" 그랬더니 K가 대꾸한다. "은은 금과 은 할 때 은이고, 한은 한수할 때 한이야. 은하수란 말이지. 한밤중 은하수도 하얗잖아?" K는 기억력이 좋다. 고등학교 때 배운 걸 아직도 기억하고 있다. 꽃도 이렇게 예쁘고, 달고 시원한 배까지 열리니 배나무는 정말 쓸모가 많구나 싶다.

대장천을 따라 걸어서 생태습지로 갔다. 얼마 전까지만 해도 이 정도 걸으면 오리를 50여 마리 만났는데, 오늘은 20마리 정도 봤다. 그러다 신기한 걸 보았다. 생태습지에서 흰뺨검둥오리 한 쌍하고 물닭 한 마리가 유유히 헤엄치고 있었다. 스마트폰으로 그 광경을 찍으려고 했는데, 갑자기 오리 한 마리가 안 보인다. '어, 한 마리가 어디로 갔지?' 하고 있는데 K가 옆에서 화들짝 놀라 말한다. "와아, 오리가 짝짓기를 하고 있네!" 암컷 오리가 물 아래에 있고 수컷 오리가 물 위에 있어서 한 마리가 사라진 것처럼 보였나 보다. 조금 있다가 보니 언제 그랬냐는 듯이 두 마리가 다정하게 헤엄치고 있다. 그러고 보면 아직까지 보이는 오리들은 짝짓기가 끝나지 않은 오리들이고, 이미 짝짓기가 끝난 오리들은 어디선가 알을 낳고 새끼가 깨나기를 기다리고 있는 게 아닐까. 5월이면 삐악거리는 아기 오리들을 데리고 엄마 오리들이 대장천을 가로지르며 헤엄친다. 먹이 먹는 법도 가르치고, 사람이 보이면 얼른 초록 풀 사이로 숨는다.

생태습지에 남은 물닭 한 마리, 쇠오리 한 쌍은 앞으로 텃새가 될지도 모르겠다. 원래 흰뺨검둥오리도 철새였는데 차츰 텃새가 되었다고 한다. 얼마 전에 청둥오리 한 마리를 보았는데 오늘은 못 보았다. 쇠오리는 한 쌍이니까 그리 걱정이 안 되는데, 물닭은 혼자니까 좀 외로울 거 같다. 네 마리가 같이 있었는데 다들 어디론가 가고 혼자 남았다. 창릉천에는 물닭이 꽤 많던데, 물닭의 말을 할 줄 안다면 알려 주고 싶다.

오늘 생태습지에서 붓꽃이 핀 걸 보았다. 잎이 솟아난 건 많은데 붓꽃이 핀 건 물가에 몇 송이뿐이다. 작년에 보니 붓꽃은 보라색만이 아니라 노랑도 있고 자주도 있었다. 책에서 삶을 배우던 내가 요즘은 동네 여기저기를 걸으면서 하나씩 배우고 있다. 휘발성 기억이라 금방 잊고 말지만 말이다. 내일도 걸어야겠다. (2021. 4. 13.)

만남의 날

073

회의하러 시내에 나갔다. 그림책 더미를 심사하는 회의인데 2시부터 6시까지 네 시간 안에 120개 정도의 더미를 봐야 한다. 그림책 더미에 대한 소개는 며칠 전에 받아서 숙독했기 때문에 내용은 알고 있었다. 하지만 내용 소개와 작품 더미가 꼭 일치하는 게 아니라서 꼼꼼히 봐야 한다. 택시를 타고 갔다. 택시를 타면 30분 정도 걸리지만 버스를 타면 한 시간 넘게 걸린다. 회의 시간보다 20분 정도 일찍 갔다. 회의실에 들어가 여유 있게 준비를 하는데 함께 심사할 사람이 들어왔다. 아는 얼굴이다. 요즘은 서로 잘 연락하지 않지만, 한때 자주 만났던 사이이다.

오랜만에 만나도 전혀 낯설지 않다. 저번에 만났을 때 딸아이가 곧 결혼한다며 사위 될 사람의 사진을 보여 주기도 했다. 같이 어울리던 사람 중에서 가장 먼저 자식이 결혼하는 셈이라 낯설기도 했지만, 이제 우리가 이만큼 나이가 들었구나 싶었다. 스몰웨딩을 하는 바람에 결혼식에 가지 않았지만, 딸아이는 결혼해서 잘 산다고 한다. 작은 애는 아들인데, 소설을 쓰고 싶어 해서 한예종에 갔다고 한다. 아들은 친구들하고 어울려서 자취를 한다고. 소설 써서 먹고 살기 힘들겠지만, 하고 싶어 해서 반대하지 않았다고 한다. "뭘 해도 힘들어. 하고 싶은 거 하면서 힘든 게 낫지." 내 말에 그 친구도 "맞아. 그렇긴 해!" 하고 수긍한다. 오랜만에 만나서 하고 싶은 얘기가 산더미 같지만, 일도 해야 해서 잘 할 수 있는 방법을 의논했다.

120편이나 되니까 양이 만만치 않아 일단 절반씩 나눠서 보기로 했다. 너무 형편없는 것은 가차 없이 빼고, 눈에 띄는 것들을 골랐다. 그리고는 서로 바꾸어서 살펴보았다. 그랬더니 고른 더미가 15편 정도가 되었다. 그중에 주제, 독창성, 완성도 등을 고려해서 5편을 뽑고, 나머지 더미를 비교해 가면서 3편을 뽑았다. 선정된 더미에 대해 점수를 매기고, 떨어진 작품에 대해서도 점수를 매겼다. 자료를 뽑아 두 심사위원이 서명을 하고 각각 총평까지 쓰고 나니 어느덧 5시 반이다.

심사 마친 다음에 같은 건물에 있는 후배 사무실에 잠깐 들를 생각이었다. 그냥 헤어지려고 했는데 이 친구가 그런다. 이렇게 만나기도 쉽지 않으니까 재혼한 남편하고 잠깐 인사라도 하면 좋겠다고. 생각해 보니 그것도 괜찮겠다 싶어 인사를 했다. 남편은 친구보다 7살이나 연상이라고 하는데, 멋쟁이에다 별로 나이도 들어 보이지 않았다. 인사를 하는데 "아무개, 많이 사랑해 주셔요!" 하는 말이 나도 몰래 나왔다. 애 둘 키우랴, 자기 일하랴, 마음 고생한 일을 익히 알고 있어서였을 것이다. 앞으로 둘이 오순도순 재미있게 잘 살았으면 좋겠다. 친구 남편도 웃으며 "언제 한번 놀러 오세요!" 한다. 나도 언제 놀러갈지 몰랐지만 "네, 고맙습니다!" 하고 대답했다. 얼렁뚱땅 인사를 하고 헤어져서는 후배 사무실에 잠깐 들렀다 집으로 돌아왔다. 오늘은 '만남의 날'이었다. (2021. 4. 14.)

몸의 말을 잘 듣자

074

어제 그제 계속 과로했다. 당장 몸이 자기주장을 한다. 아침에 일어났는데 두통이 생겨 줌으로 하는 그림형제 민담 모임에 참석하지 못했다. 오늘은 「악마의 때꼽쟁이 동생」과 「백설공주」를 읽고 대화 나누는 날이다. 어떤 이야기가 오갈지 궁금했으나 몸이 따라 주지 않으니 별수 없다. 모임에 참석하지 못한다는 문자를 보내고 다시 누워 잤다. 눈을 뜨니 오후 1시가 지났다. 어제저녁에 밥 먹다가 임플란트한 어금니가 빠져서 치과도 가야 한다. 빈속에 갈 수가 없어 간단히 밥을 먹고 치과에 갔다.

이 어금니는 임플란트한 지가 오래되었다. 초기에 임플란트한 것이라 비용이 꽤 들었다. 350만 원이나 들었는데 요즘은 100만 원이면 임플란트를 한다고. 임플란트한 어금니를 10년 가까이 사용했는데, 철심이 부러져서 전체를 바꾼 게 2년 전이다. 바꾼 지가 얼마 안 되어 걱정하지 않았는데, 확인해 보니 잇몸 속에서 임플란트를 이어 주는 철심이 또 부러졌다. 치과에는 딱 맞는 철심이 없어서 제작처에 주문해야 한다고 한다. 철심만 주문하면 되니까 비용은 얼마 되지 않는다. 하지만 다음 주 화요일까지는 그냥 다녀야 하기 때문에 살이 차오르지 않도록 뭔가를 박아 넣었다. "이건 딱 맞는 게 아니라서 흔들리거나 빠질 수가 있어요. 그러면 얼른 치과로 오세요." 임플란트한 어금니도 흔들거릴 때 금방 치과에 갔으면 딱 맞게 조일 수 있었다고 한다. 이가 아프지 않으니까 차일피일하다가 철심이 부러지고 만 것이다.

웬만하면 병원에 가지 않는데 이것도 고쳐야 할 습관 같다. 이러고 있는데 L선생에게서 전화가 왔다. 내일 오후에 셋이서 서울 둘레길 걷기로 한 터라 '무슨 일이지?' 싶었다. 오늘 연남동에 있는 달걀책방에 갔다가 층계에서 내려오면서 삐끗했단다. 그때는 괜찮았는데 지금은 발목이 붓고 걸으면 절뚝거린다고. 그러면서 하는 말, "저는 아무래도 안 될 거 같은데, 두 분이서 걸으시겠어요?" 한다. 그래서 "아니에요, 나중에 같이 만나요." 했다. 내일 오전에 인천에서 도서관 강연이 있다. 오후에 걷는 게 부담스러웠지만 모처럼 셋이서 만나는 것이라 무리해서 만나려 했다. 아무리 좋은 뜻이 있어도 몸이 따라 주지 않으면 못한다. 아무리 힘든 하루를 보내도 하룻밤 자고 나면 너끈해지는 그런 나이가 지났다. 몸의 말을 잘 듣자. (2021. 4. 15.)

4월, 목련이 질 때

075

목련은 아름답다. 목련 꽃봉오리는 작게 타오르는 촛불처럼 보인다. 4월이면 목련꽃 피기를 기다린다. 꽃봉오리가 맺히면 목련꽃이 피어나기를 기다린다. 꽃들이 피어나기 시작하면 참 기쁘다. 목련을 지켜본 것밖에 아무것도 한 게 없는데도 뭔가 보람차다. 꽃이 질 때면 마음이 아프다. 그토록 아름답게 피어 있다가 꽃이 질 때는 빛바랜 종이처럼 누렇게 되어 툭 툭 떨어진다. 동백꽃은 나무에서 떨어져도 붉은빛을 그대로 지녀 슬픈 마음이 들지 않는다. 목련꽃은 그렇지 않다. 한창 아름답다가 툭 툭 떨어지는데, 꽃잎의 빛깔이 순식간에 바래서 마음이 아프다.

목련꽃이 떨어질 때면, 이설야의 「조등弔燈」(『우리는 좀 더 어두워지기로 했네』, 창비, 2016)이 떠오른다. 시인은 자신이 머뭇거리는 사이에 꽃이 시들었다고 말한다. 조등은 장례를 치른다는 것을 알려 주는 등이다. 4월에 아름답게 피었다가 곧 지고 마는 목련을 보면 목련이 마치 조등 같다는 생각이 들곤 한다. 몇 년 전부터 그렇다. 7년 전 세월호 참사가 있었던 뒤로 목련이 피는 4월이면 나는 이 시를 떠올리게 되었다.

그전에는 4월이면 박화목 시에 채동선이 곡을 붙인 「망향 望鄕」을 떠올리곤 했다. 떠나온 고향을 그리워하는 낭만적 정서가 담긴 시. 봄이면 나도 모르게 감상적인 마음이 되었나 보다. 떠나온 고향도 없고 기다리는 님도 없는데 그 노래가 자꾸 떠올랐으니 말이다. 박목월의 시에 김순애가 곡을 붙인 「사월의 노래」도 흥얼거리곤 했다. 목련꽃 그늘 아래서 베르테르의 편지를 읽는다는 사월. 멀리 떠나와 깊은 산골 나무 아래서 별을 본다는 사월. 이 노래도 낭만적이다. 그야말로 '먼 곳에의 그리움'과 '고향 그리움'이 담긴 노래인 것이다. 괴테의 소설 『젊은 베르테르의 슬픔』도 이 노래 때문에 읽었던 것 같다. 최근에 안삼환 선생님이 번역한 『젊은 베르터의 괴로움』을 읽어 보니 베르테르가 느꼈던 것은 슬픔이라기보다는 사회의 제약으로 인한 괴로움과 고뇌였다. 고등학생 시절에는 전체를 못 보고 부분만 보았던 것이다.

나는 정치적 감수성이 예민한 편이 못 된다. 80학번인 내게 80년 광주가 없었더라면 나는 문학작품이나 읽고 세상일에 별 관심 없는 사람으로 살았을 것이다. 광주의 충격이 컸기 때문에 나는 정치에 대해 입을 다무는 사람이 되었다. 그러다가 어린이 책을 만들면서 조금씩 마음의 안정을 찾아 갔다. 그랬는데 또다시 세월호 참사를 겪었다. 7년간 아무런 해결이 없는 것을 지켜보면서 우리 사회와 정치에 환멸을 느끼게 되었다. 정치가들은 표 받을 때 말고는 시민의 삶의 대해 아무 관심이 없는 건 아닌가 하는 생각도 들었다. 시민의 생명을 우선으로 하지 않는 정권이 무슨 민주정권이란 말인가. 이 점에서는 여당이나 야당이나 별 차이가 없다고 본다. 문재인 정부가 들어섰을 때 적어도 세월호 문제는 해결할 줄 알았다. 국회의원이 180명이나 되는 여당이 할 수 없는 일이라면 도대체 언제 누가 할 수 있는 일일까. 하얀 목련꽃처럼 일찍 지고 만 어린 생명들을 생각하는 밤이다. 그들의 부모와 형제들을 생각하는 밤이다. (2021. 4. 16.)

전화 통화

076

10시 20분에 책상에 앉았는데 문자가 와 있었다. C작가다. "샘, 전화 드려도 돼요? 넘 늦었지요?" "괜찮아요. 이제 봤어요. 제가 전화할게요." 이렇게 시작한 전화가 끝나고 시간을 확인하니 1시 20분. C작가는 북 콘서트를 같이하며 친해진 작가다. 자주 연락도 하고 가끔 만나기도 했는데 코로나 시대가 되면서 연락이 뜸해졌다. C작가가 페북에 자신의 근황을 올렸기에 "잘 지내시죠? 요즘 어떻게 지내는지 궁금해요." 하고 댓글을 적었더니 문자를 한 것이다.

"잘 지냈지요?" 물었더니 의외의 말을 한다. "한동안 슬럼프였는데, 이제 좀 나아졌어요." "슬럼프라니요? 전혀 눈치를 못 챘어요." "2014년부터 슬럼프가 와서 진행하던 작품도 덮고 한동안 자존감이 바닥이 되어 힘들었는데요, 이제 좀 나아졌어요." 계속 책을 내고 있어서 슬럼프라고 전혀 생각하지 못했다. "원래 하려던 작품은 잘 진행되지 않고, 시간이 많이 흘러서 미안한 마음에 쉽게 할 수 있는 다른 작품을 냈는데, 그게 호평을 받아 그럭저럭 면피를 했어요." 이 얘기는 들은 적이 있다. 그렇지만 C작가가 슬럼프에 빠졌다든가 자존감이 떨어졌을 거라는 생각은 못했다. 살아가는 일이 계획대로 되는 게 아니기 때문에, '잘 해결되었으니 다행이네.' 하고 생각했다.

또 다른 얘기를 한다. "아버지가 폐암으로 고생하다 돌아가셔서 그걸 소재로 그림책 더미를 만들어 A출판사에 보냈는데 거절당했어요. 자존감이 더 바닥으로 내려가게 되더라고요." 그제야 나는 아차 싶었다. 한밤중에 전화하고 싶을 만큼 뭔가 있었던 건데, 내가 워낙 눈치가 없었던 것이다. 그러다가 우연히 좋은 아이디어가 생겨서 구상안을 만들어 B출판사에 보냈더니 편집장이 기뻐하면서 집으로 찾아왔다고. 그래서 계약도 하고 그림책도 만들게 되었다고. B출판사의 편집장은 50대 초반으로 70대까지 그림책 만들고 싶다고 하는 사람이다. 그런 사람이 환대해 주니까 기뻤고 즐거웠고, 그 바람에 한결 상황이 좋아진 것이다.

나도 요즘 내가 느끼는 심정을 얘기했다. "아무리 젊은 마음으로 살아도 그림책 환경이 변하고 있고, 변화하는 환경을 따라가기는 역부족이라 매일 2시간씩 동네 산책하며 지내요.” 내 말을 듣더니 막 웃는다. 그러더니 “샘은 자기 자리가 있으시잖아요?” 한다. “제가 무슨 자기 자리가 있어요? 나는 뭘 하든 2%가 부족해요. 편집자가 되기에는 근성이 부족하고, 작가가 되기에는 독창성이 부족하고, 공부하다 보니까 탐구심이 부족하고. 프리랜서로 살 수밖에 없어서 이렇게 살아요.” 더 크게 웃는다. 농담처럼 말했지만, 사실 이게 내가 생각하는 나다.

C작가가 슬럼프에서 벗어나 새로운 출판사, 새로운 편집자와 만드는 그림책은 어떤 책일까. 기대된다. ‘조만간 만나자’는 말로 상당히 긴 통화를 마쳤다. (2021. 4. 17.)

어쩌다 영화

077

영상자료원에서 영화 「메리 셸리 : 프랑켄슈타인」을 보았다. 18세기의 페미니즘 작가인 메리 울스턴크래프트와 정치철학자인 윌리엄 고드윈 사이에서 태어난 딸 메리 울스턴크래프트 고드윈은 문학에 재능이 있는 소녀다. 아내가 죽자 고드윈은 재혼을 하고, 18살이 된 메리는 낭만파 시인 퍼시 셸리를 만나 사랑에 빠진다. 퍼시 셸리는 아내가 있었지만, 사랑에 빠진 메리는 집을 나와 퍼시 셸리와 함께 지낸다. 어느 날 이들은 시인 바이런 경의 집에 초대받아 지내다가 '무서운 이야기'를 만들어 보자는 제안을 받는다. 메리는 자신의 상상 속에 존재했던 괴물을 불러내어 글로 쓴다. 그 작품이 바로 메리 셸리1797~1851의 첫 번째 장편소설 『프랑켄슈타인: 근대의 프로메테우스』다.

젊은 과학자 빅터 프랑켄슈타인은 새로운 생명체를 창조하는 작업에 성공한다. 그러나 '괴물'이 움직이기 시작하자 겁에 질려 방을 뛰쳐나가고, 괴물은 실종된다. 프랑켄슈타인은 어린 동생 제임스가 죽었다는 편지를 받자 자신이 창조한 괴물이 범인임을 직감한다. 프랑켄슈타인은 알프스에서 괴물과 재회하는데, 괴물은 함께 살 여자 피조물을 한 명 만들어 주면 인간 세상을 떠나 숨어 살 것을 약속한다. 프랑켄슈타인은 새로운 피조물을 만들기 시작하지만, 결과를 상상하자 공포에 휩싸여 만들던 것을 마구 찢어 버린다. 괴물은 분노하여 프랑켄슈타인의 친구 클레르발과 신부 엘리자베스를 죽인다. 프랑켄슈타인은 괴물을 죽이고자 추격하다가 쇠약해져서 죽는다. 프랑켄슈타인의 죽음을 본 괴물은 자기의 할 일도 끝났다며 불에 타 죽으리라 말하고 떠난다.

이 영화는 사회의 편견을 깨고 자신의 삶을 살았던 메리 셸리의 삶을 다룬 것으로, 사우디아라비아 최초의 여성감독 하이파 알 만수르의 작품이다. 『프랑켄슈타인: 근대의 프로메테우스』1818는 여러 출판사에서 거절하자 동반자 퍼시 셸리의 추천사를 싣는 조건으로 익명으로 냈다. 이 책이 크게 호평을 받자 아버지인 윌리엄 고드윈은 자신의 책방에서 모임을 갖는다. 이때 퍼시 셸리는 자신이 추천사만 썼을 뿐 이 책의 작가는 메리 울스턴크래프트 고드윈이라는 것을 공개적으로 밝힌다. 그 뒤 메리는 퍼시 셸리와 결혼을 해서 메리 셸리가 되고, 1831년에 『프랑켄슈타인: 근대의 프로메테우스』는 표지에 메리 셸리의 이름을 달고 출간된다.

영국은 제인 오스틴, 브론테 자매들, 조앤 롤링에 이르기까지 수많은 여성 작가를 배출한 나라다. 그런데 많은 여성 작가들은 자신이 여성이라는 것을 숨기고 작품을 냈다. 조앤 롤링도 처음에는 이니셜을 써서 여성이라는 것을 숨겼다. 사람들이 여성은 글을 쓸 만큼 지성을 갖추거나 독창성을 갖추지 못한다고 생각했기 때문이다. 메리가 출판사를 찾아다닐 때 사람들은 작품에 대해 온갖 부정적인 견해를 내놓는다. 동반자인 퍼시 셸리가 그 작품을 써 준 게 아니냐는 뉘앙스의 말까지 한다. 1918년 익명으로 출판되고 1831년 메리 셸리의 본명으로 개정된 『프랑켄슈타인: 근대의 프로메테우스』는 영화, 연극, 만화, TV 드라마 등 다양한 장르에서 재창작되었다. 『프랑켄슈타인: 근대의 프로메테우스』, 다시 한 번 찬찬히 읽어 봐야겠다. (2021. 4. 18.)

배우고 익히니

078

독서 모임에서 『문학과 예술의 사회사』(아르놀트 하우저 지음, 백낙청·반성완·염무웅 옮김, 창비)를 올해 1년 동안 읽기로 했다. 예술사라는 것이 역사도 알아야 하고 예술도 알아야 하는데, 둘 다 잘 아는 분야가 아닌지라 읽다 보면 절로 한숨이 나온다. 1권은 선사시대부터 중세까지를 다루는데, 두 번에 나누어서 읽었다. 선사시대는 내용이 복잡하지 않으니까 그럭저럭 이해했는데, 중세는 너무나 방대한 부분이라 '그런가 보다.' 하고 그냥 넘어갔다. 문제는 르네상스·매너리즘·바로크를 다룬 2권의 '르네상스' 발제를 내가 맡았다는 것이다. 중세를 모르면 르네상스도 이해하기가 어려운지라 이전에 읽었던 부분을 다시 읽고 있다.

지식을 우격다짐으로 머리에 집어넣고 있는데 지인이

문자를 보냈다. 오늘 줌으로 '여름철 나그네새'에 관한 강의가 있는데 시간 되면 들어 보라는 것이었다. 새에 대해 관심은 있지만 어디서부터 어떻게 공부해야 할지 알 수가 없는 터라 얼른 강의 신청을 했다. 강사는 국립공원공단에 근무하는 박종길 박사님으로, 조류 분류가 전공이었다. 7시부터 9시까지 강의를 듣고 궁금한 것을 질문했다. '여름철 나그네새'에 대해 아는 게 너무 없으니까, 핵심을 잡아 찬찬히 알려 주는 데도 내용을 숙지하기가 어려웠다. 내용을 숙지하더라도 막상 새를 만나면 구별할 수가 없을 거 같았다. 우리 주변에 참새만 한 작은 새들이 여러 종 살고 있다는 것을 알았다.

줌 강의가 끝난 다음 늦은 저녁을 먹었다. 내가 공부하는 사이에 K가 카레를 만들었다. 밥을 먹으면서 K에게 '여름철 나그네 새'에 대해 아는 게 너무 없어서 오늘 공부는 힘들었다, 우리 주변에 상당히 많은 텃세와 철새, 나그네새가 산다는 걸 알았다, 철새와 나그네새의 차이를 알았다, 관심을 갖고 차츰 알아 가야지, 너무 빨리 많이 알려고 하지 말아야겠다… 등등 말을 했다. 예술사 공부도 쉽지 않지만 새 공부도 쉽지 않다. 박종길 박사님에 따르면 아직 완벽한 조류도감이 없기 때문에 사진 조류도감과 세밀화 조류도감 몇 가지를 구비해서 비교하면서 읽고 새를 자주 관찰해야 한다고 한다. 새에 대해 알고 싶기는 하지만 여러 도감을 비교하며 공부하고 새를 관찰할 만큼의 열의는 내게 없다.

이번에 알게 된 사실이 하나 있다. 기본적인 지식이 어느 정도 있어야 새로운 지식을 쌓을 수 있다는 것이다. 아까 그 지인이 문자를 보냈다. '초보자용 강의인 줄 알았는데 너무 수준이 높다.'며 동생한테 혼났다는 것이다. 그랬구나. 좋은 강의라고 생각하고 여러 사람에게 권한 것이다. 그래서 '쉬운 강의였어도 어차피 다 이해하지 못했을 거다, 여름에 이렇게 많은 여름철 나그네새가 우리 옆에 온다는 게 놀라웠다.'고 문자를 보냈다. 그랬더니 '조만간 서울 둘레길 걸으면서 새 관찰하자.'고 청한다. '그러자, 기대된다.'고 문자 보냈다. 어떻게 쉽게만 배울 것인가. 천천히 배우고 익히자. 주변에 이렇게 작고도 아름다운 생명체가 산다는 걸 조금이라도 더 알았으니 기쁘지 아니한가. (2021. 4. 19.)

골목길

079

골목길을 좋아한다. 집과 집 사이에 있는 골목을 지나면 골목 끝에 모퉁이가 나온다. 그리로 가면 또 다른 골목이다. 골목에서 골목으로 이어지는 길은 걷는 즐거움이 있다. 얼마 전 친구하고 서울의 갤러리 몇 군데를 다닐 때였다. 찾아가는 갤러리가 골목에 있었다. 덕분에 서울의 골목길을 신나게 돌아다녔다. 나는 길치라 목적지까지 가는 게 큰 문제다. 새로운 장소에 가려면 가는 방법부터 알아 둔다. 이 친구는 길눈이 밝아 지도를 보고 처음 가는 데도 어디든지 간다. 부러운 재능이다.

길눈도 어둡고 길치인데 돌아다니는 건 좋아한다. 그러다 보니 시간이 없을 때는 익숙한 데로 다니고, 시간이 있을 때는 발걸음 닿는 대로 걷는다. 얼마 전에 책방에 갔다가 흥미로운 책을 발견했다. 세계의 골목을 담은 사진 책 『ALLEY 세상의 골목』(EBS 지음, EBS BOOKS, 2020)이다. EBS의 세계테마기행 프로그램에 나왔던 시장 사진을 모아 낸 책 같다. 저번에 『MARKET 세상의 시장』(EBS 지음, EBS BOOKS, 2020)을 샀는데 볼거리가 많았다. 얼른 샀다.

사진 밑에 나라와 지역 이름이 있다. 사진을 보니 두 가지는 알 수 있다. 어느 지역의 건물 모양과 그 골목에 오가는 사람들 모습. 골목에는 살림집만 있는 게 아니다. 가게들도 있는데, 그 가게들에 있는 물건들 모양, 물건을 사러 온 사람들의 모습이 다양하다. 꽤 넓은 골목이 나오고 골목 한쪽에 있는 그늘로 아이들이 달려가는 모습도 있다. 또 골목 양쪽에 화분이 가지런히 놓여 있고, 그늘에서 아이들이 뛰놀기도 한다. 골목 가게 앞에서 젊은 아가씨 둘이 스마트폰으로 셀카 찍는 모습도 있다. 가게 문 여는 사람, 창문에 얼굴을 내밀고 있는 아이, 문 앞에 있는 의자에 앉아 있는 사람도 있다.

그뿐이 아니다. 개 데리고 산책하는 사람, 당나귀 몰고 가는 사람, 골목을 걸으며 탁발하는 스님들, 일하는 엄마 옆에서 얼굴 찌푸리고 앉아 있는 아이, 아이를 등에 업거나 짐을 지고 어디론가 걷는 여자들, 오토바이 타고 가는 사람, 장기 두는 사람들 옆에서 구경하는 사람들, 문 앞에 앉아 신문 보는 사람, 악기 연주하는 사람, 그림 파는 사람, 골목에 쭈그리고 앉아 놀고 있는 아이들. 골목을 오가는 사람도 있고, 골목에 앉아 시간을 보내는 사람도 있다.

어릴 때 살던 동네 골목이 생각났다. 청량리 살 때니까 대여섯 살 때다. 좁은 골목에서 동네 아이들하고 소꿉놀이를 했다. 사금파리며 병뚜껑에 모래며 흙, 나뭇잎이나 꽃 이파리를 담아 놀았다. 골목에 옹기종기 앉아 놀면 동네 어른들이 지나가며 머리도 쓰다듬어 주고 사탕이며 과자 같은 것도 주곤 했다. 까맣게 잊고 있었는데 사진 책 보니까 생각난다.

내 머릿속에 무엇이 들어 있는지 내 자신도 모를 일이다. 뛰어가다가 넘어져서 댓돌에 이마가 깨져서 이마를 꿰맸던 게 골목에 대한 내 기억이었다. 그런데 골목에서 노는 아이들 사진을 보니 골목에서 놀던 기억이 떠올랐다. 내 기억의 골목에서 뭔가 재미난 게 또 나왔으면 좋겠다. (2021. 4. 20.)

소수자로 산다는 것

080

우리는 남다른 삶을 살기 바라지만 남다른 삶은 살기 쉬운 삶이 아니다. 우리는 남다르다고 할 때 긍정적인 뉘앙스를 주로 생각한다. 독특한 삶, 개성적인 삶. 그런데 남다른 삶이 소수자의 삶, 장애자의 삶이라면 어떨까.

영화 「나는 보리」가 생각난다. 엄마도 아버지도 동생도 청각장애자인 보리네 집. 보리만 소리를 들을 수 있는데, 보리는 집안에서 자기만 다른 것 같아 쓸쓸하다. 보리는 아침마다 학교가기 전에 절에 들러 소원을 빌곤 한다. 그 소원은 바로 보리 자신이 소리 듣는 능력을 잃게 해 달라는 것이다. 온갖 시도를 해 보지만 보리에게는 여전히 소리가 들린다. 이제 보리는 소리를 못 듣는 척한다. 그러자 비로소 보리는 사람들이 청각장애자에게 어떤 식으로 대하는지 알게 된다. 동생 정우는 축구를 잘하는데 소리를 못 듣기 때문에 주전에서 빠져 후보가 된다. 단골 옷가게 점원들은 사람이 있는 데서 "벙어리 왔네." 하고 옷값도 더 받는다. 귀가 잘 안 들린다는 이유로 무시하고 깔보는 거다. 이 영화는 보리를 통해 장애자들, 소수자들의 삶에 대해 알려 준다. 이들도 보통 사람들이라는 것, 영화를 보는 당신과 조금 다르지만 똑같이 느끼고 생각한다는 걸 알려 준다. 보리는 동생 정우에게 "수술해서 소리를 듣고 싶냐?"고 거듭 묻는다. 정우는 "그렇다."고 대답한다. 그러면서 "다른 사람들이 내 수화를 더 알았으면 좋겠다."고 한다.

이 영화는 보리의 관점에서 표현되었기 때문에 조용한 수채화 같다. 엄마나 아빠 같은 어른의 관점을 선택했다면 아주 다른 영화가 되었을 것이다. 보리와 아빠의 대화에서도 알 수 있지만 아빠는 학급 친구들이 놀리고 무시하는 통에 학교에 거의 다니지 못했다. 그래서 간단한 글자밖에 모른다. 엄마는 10살까지는 들을 수 있었는데, 병을 앓고 난 다음에 청력을 잃었다. 그 뒤의 엄마의 삶도 고달팠을 것이다. 외할아버지도 수화를 모르는 걸 봐서 엄마의 대변자는 이모 한 사람뿐이었을 것이다.

보리는 가족과 세상을 소리로 연결하는 역할을 한다. 피자, 치킨을 주문할 수 있는 사람. 고모도 마찬가지다. 소리를 들을 수 없어 의사소통이 불편한 엄마와 아빠를 대신해서 보리네 집과 바깥 세계를 연결해 준다. 그러나 보리가 말했듯이 중요하게 보는 관점이 다르다. 고모는 정우가 귀를 수술하면 들을 수 있다는 건 말하지만, 귀 수술을 하면 정우가 축구를 비롯한 운동을 할 수 없다는 건 전달하지 않는다. 정우에게는 축구가 세상과의 유일한 접점인데 말이다. 정보를 다 아는 상태에서 어떤 일을 선택하고 결정하는 것과, 일부분만 알고 선택하고 결정하는 건 엄연히 다른 문제이다.

영화 말미에 나오는 헌사를 보면 감독의 부모가 아마도 청각장애자가 아닐까 싶다. 자기 삶의 문제를 갖고서 이 영화를 만든 것일까. 그렇다면 이 감독은 자기 이야기를 갖고 세상으로 나선 것이다. 작지만 소중한 세계, 그런 세계를 보여 준 감독에게 경의를 표한다. (2021. 4. 21.)

함께 걷기

081

동네 친구인 H와 K, 서울에서 온 후배 H, 나와 K 이렇게 다섯이서 함께 걸었다. 보통 K하고 둘이서 걸을 때는 대장천 주변을 걷고 대장천 생태습지를 몇 바퀴 돈 뒤 다시 집으로 돌아오곤 했다. 오늘은 평소보다 훨씬 더 멀리 걸었다. 대곡역을 지나 대장천 하류까지 가서 대장천과 도촌천이 만나는 신평저수지까지 갔다. 신평저수지는 처음 가 보았다.

3시 반에 화정역에서 H하고 만나 대장천 쪽으로 갔다. 대장천 생태습지에서 동네 친구 H와 K, 그리고 우리 집 K를 만나 함께 걷기 시작했다. 걷다 보니 남자 둘이 앞서고 여자 셋이 뒤에 가는 형국이 되었다. 남자는 남자끼리, 여자는 여자끼리 걸으면서 이런저런 이야기를 나누었다. 나는 스마트폰으로 가끔씩 보이는 흰뺨검둥오리도 찍고, 대장천 위를 날아가는 왜가리도 찍고, 뒤에서 앞서가는 사람들의 모습도 찍었다.

대장천 주변에는 노란 애기똥풀꽃이 많이 피었다. 애기똥풀꽃은 소복하게 자란 초록 풀 사이에서 마치 방점을 찍는 것처럼 보였다. 생태습지에도 며칠 사이에 붓꽃이 엄청 많이 피었다. 지금은 보라 붓꽃만 피었지만 조금 더 있으면 노랑 자주 붓꽃이 필 게다. 그리고 붓꽃이 지고 나면 모양이 비슷한 창포가 또 피기 시작할 것이다. 대장천을 걸으면서 꽃다지, 갓꽃, 유채꽃, 배추꽃이 꽃만 보면 서로 구별할 수 없을 정도로 닮았다는 사실을 알게 되었다. 또 꽃다지는 6월이면 꽃이 지고 줄기도 갈색으로 변해 일찍 삶을 마감한다는 것도 알게 되었다. 서로 경쟁하지 않으려고, 꽃다지나 냉이는 얼른 꽃이 피고 얼른 삶을 마감하는 것이다.

대장천 주변에는 논이나 밭이 많다. 과수원도 여기저기 많다. 대장천을 따라 걷다 보면 가끔씩 아주 키 큰 나무들을 만난다. 초록이 한창 어여쁜 시절이라 나무들이 마치 머리카락을 풀어 헤친 아가씨들처럼 보인다. 그런 초록 나무 아래로 친구들이 걸어가는데 문득 정현종 시인의 시 「품」이 떠올랐다. 비 오는 날은 아니지만 커다랗게 늘어진 나뭇가지 아래로 둘씩 이야기 나누며 걸어가는 사람들이 마치 나무의 품에 안긴 것 같은 착각이 한순간 들었다. 나무와 사람이 하나가 되는 풍경. 비록 미세먼지 때문에 날은 흐렸지만, 함께 걷는 우리들 마음은 흐리지 않았다.

이야기 나누면서 걷다 보니 평소보다 훨씬 많이 걸었다. 6시쯤 올갱이국으로 저녁밥을 먹었다. 된장을 풀고 부추를 넣어 끓인 슴슴한 올갱이국에 청양고추를 넣어 먹으니 맛있다. 여기에 갓 무친 겉절이를 얹어 먹으니 별미다. 만두를 곁들여 먹었는데 만두도 맛있다. 만두를 먹는 바람에 나는 밥을 절반만 말았다. 저녁밥 먹을 때 보니까 마른 사람은 확실히 식사량이 적다. 적게 먹으니 살이 찌지 않는 것이다. 저녁밥을 먹고 그냥 헤어지기가 섭섭하여 맥주를 한 잔씩 마셨다. 요새는 10시면 가게가 문을 닫는지라 10시 전에 일어났다. 백석역 앞에서 동네 친구 H가 네 사람의 기념사진을 찍어 주었다. 언제 또 이렇게 같이 만날지 모르겠다. 네 명 이상 한 자리에 앉을 수 없어 계속 남자 둘, 여자 셋이 함께 앉곤 했다. '따로 또 같이' 보낸 하루였다. (2021. 4. 22.)

팬데믹과 의료 공백

082

독서 모임 발제 때문에 코 박고 책을 읽다가 잠깐 텔레비전을 보았다. 코로나19 시대의 의료 공백 문제를 다룬 시사 프로그램이었다. 국립의료원들이 코로나19 거점병원이 되면서 일손이 딸리는 바람에 응급실을 운영하지 못하고 기존에 행해 오던 의료 서비스를 못하게 된 현실을 보여 주었다. 코로나19에 감염되면 가슴이 답답하고 열이 나는데, 코로나19가 의심되는 상황에서는 응급 환자라도 병원에서 받아 주지를 않아서 목숨을 잃게 되는 상황을 고발하고 있었다.

지방의 경우 의료 시설과 의료 인력이 코로나 방역에 투입되는 바람에 제때에 응급 처치를 받으면 살 수 있는 사람이 죽어 간 사례를 보여 주었다. 응급실에 갈 시간을 놓쳐

고등학생 아들을 잃은 부모와, 환자를 데리러 오던 헬리콥터가 중간에 돌아가는 바람에 남편을 잃은 아내가 나왔다. 아들을 잃은 아버지는 사람들과 함께 경산에서부터 걸어서 청와대까지 간다고 했다. 자기 아들은 코로나 검사만 7번인가 하고 병명도 모른 채 죽고 말았지만, 이런 일이 더 이상 일어나지 않도록 널리 알리고자 한다고 했다. 다들 내 코가 석 자라고 하는 이때에 아픈 마음을 부여잡고 더 나은 세상을 위해 행동하는 모습에 가슴이 찡했다.

국립의료원이 거점병원이 되면서 생기는 문제가 있었다. 국립의료원은 의료비가 비교적 낮다. 동자동 달동네에 사는 주민들이 몇 명 나와서 어려움을 토로했다. 한 사람은 대장암 수술을 한 뒤 계속 진료를 받아야 하는 경우였다. 국립의료원에서 일반 진료를 하지 않아서 민간병원에 가야 했는데, 민간병원은 국립의료원에 비해 의료비가 5배 이상 든다고 한다. 한 달 치료비가 1백 만 원 이상 들 때도 있는데 그 돈을 내고 치료받기가 어렵다고 했다. 한 사람은 당뇨로 인한 골수염 때문에 무릎 아래를 절단한 사람이었다. 의족을 했는데 의족 닿은 부분에 상처가 나고 뼛속에 염증이 생겨 치료를 받아야 했다. 국립의료원이 일반 진료를 하지 않아 다른 병원에 갔는데 염증 때문에 열이 나서 치료를 못 받고 진통 소염제로 달래고 있다고 한다. 적절한 치료만 받으면 얼마든지 나을 수 있는데 의료진이 코로나19에 전부 투입되는 바람에 의료 공백이 생기고 있는 것이다.

K에게 "의료보험이 있다고 해도 가난한 사람은 제대로 치료를 못 받는 거 같아." 했더니, "옛날에도 그랬어. 항상 사회적 약자부터 피해를 보지." 한다. "옛날에는 그랬어도, GNP가 세계 10위니 11위니 하면서 여전히 그렇다면 문제 있는 거 아니야? 표만 생각하지 진짜 국민을 생각하는 정치가가 얼마나 있는지 모르겠어!" 말은 이렇게 했지만 나도 부끄럽다. 의료 공백 때문에 죽어 가는 사람이 있다는 걸 알지 못했다. 지금 같은 팬데믹 시대에는 코로나 확진자가 되지 않도록 더 홍보해야 한다고 생각한다. 한 사람이 확진자가 되면 평상시 의료진의 4배가 되는 인원이 매달려야 한다고 한다. 감염되면 스스로 격리하고 조심해야 하는데, 코로나 시대가 길어지니 다들 느슨해지는 것 같다. 정부가 방역에 힘써야 하지만, 국민 한 사람 한 사람이 책임감 있게 스스로 돌봐야 한다는 생각이 든다. 지금 이 순간에도 제때 응급 치료를 받지 못해 죽는 사람이 있을 거라고 생각하니 마음이 무겁다. (2021. 4. 23.)

알도, 나만의 친구

083

8시에 그림책 줌 모임이 있었다. 그림책 한 권을 정해 꼼꼼하게 읽고 얘기하는 모임인데, 오늘은 존 버닝햄의 그림책 『알도』를 갖고 얘기 나누었다. 이 책에서는 외로운 여자아이가 나온다. 여자아이는 주로 혼자 있는데, 그럴 때 비밀 친구인 알도가 찾아온다. 여자아이는 알도하고 남들하고는 할 수 없는 놀이를 한다. 여자아이는 두 손을 앞에 모은 자세로 여러 번 나타난다. 소심하고 내성적인 성격을 표현하는 것이다. 여자아이는 놀이터에서 아이들이 그네 타면서 노는 것을 보며 엄마랑 지나가는데, 글에는 "가끔은 엄마랑 놀이터에도 가고"라고 되어 있다. 그다음에 "어쩌다가는 외식도 해." 하는 글이 나오고 식당에서 혼자 앉아 있는 여자아이가 나온다. 옆에는 엄마의 가방이 놓여 있고 여자아이는 저쪽에 사람들이 모여서 음식을 먹는 것을 본다. 이 그림에는 "그럴 때는 정말 신이 나지."란 글이 나온다. 그렇지만 신나는 건 다른 사람들이지 이 여자아이는 신나 보이지 않는다.

이 책을 발제한 M은 고등학생 시절 공부도 싫고 만사가 귀찮은 반항기 때 우연히 책방에 들어갔다가 이 그림책을 샀다고 한다. 이 책을 읽고 난 뒤 종이에 동그랗게 얼굴을 그리고 그 얼굴을 벽에 붙여 비밀 친구로 삼고 다시 공부를 시작했다고 한다. 남편에게 이 책을 읽어 보라고 하니까 처음에는 "뭐야, 이 애 정신병자야?" 하더니 나중에는 "모두에게 알도 같은 친구가 있으면 좋겠다."고 했다. 이 말을 듣더니 S가 그런다. "난 어릴 때 늘 상상 친구가 있었어요. 글을 써서 출판사 대표한테 읽어 보라고 주었더니, 뭐야, 얘 정신이 이상한 거 아냐? 라고 하는 거예요. 그때 충격을 받았죠." 나도 한마디 했다. "동생이 어릴 때, 혼자 중얼거리면서 놀았어요. 조금 이상하기는 했지만, 그런가 보다 했죠. 나중에 어린이 책 만들면서 보니까 어릴 때 상상 친구하고 노는 애들이 있더라고요." 이런 식으로 해서 어린 시절 이야기가 많이 나왔다.

J가 5살 때 이야기를 들려준다. "5살 때 시골에서 읍내

로 이사를 했어요. 이사하고 나서 얼마 뒤 집을 잃어버렸어요. 눈물 콧물 흘리며 길을 걷고 있는데 이장님이 나를 보고 당신 집으로 데려가서 밥을 먹게 하면서, 검은 고무신 신은 아이가 우리 집에 있는데 아이를 아는 분은 데려가라고 확성기로 방송을 했지요. 근데 이장님 댁이 이사한 우리 집 옆집이라 두고두고 우스운 이야기가 됐어요. 나는 그때 너무 무서워서 눈물 콧물 다 흘렸는데, 식구들한테는 우스운 이야깃거리가 되는 게 두고두고 분했어요." 한다. 새로 이사 온 다섯 살짜리에게 집을 잃어버리는 것만큼 무서운 일이 어디 있겠는가. 어른들은 그런 아이의 마음을 몰라 주는 것이다. 『알도』는 어떤 여자아이가 느낀 외로움과 두려움을 잘 보여 준다. 어른이 아이를 외롭게 만들 수 있다는 것을 보여 준다.

어른이 되어도 외로울 때가 있다. 그때 알도 같은 친구가 있으면 좋겠다. 어떤 사람에게는 마음을 기댈 친구일 수도 있고, 어떤 사람에게는 나무와 같은 자연일 수도 있다. 또 어떤 사람에게는 그림 그리기나 노래하기나 음악 듣기일 수도 있을 것이다. 외로울 때 늘 함께하는 친구, 알도 같은 친구가 누구에게나 하나쯤 있으면 좋겠다. 나에게는 책이 그런 친구였다. 심심할 때, 지루할 때, 마음이 복잡할 때

나는 책을 읽으면서 그 순간을 보냈다. 책에 나오는 여러 인물들과 함께 울고 웃으면서 이 세상을 살아온 것이다.

(2021. 4. 24)

축제의 노래

084

오늘은 날씨가 맑아서 자연이 주는 기쁨을 만끽한 하루였다. 낮에 집 가까운 공원에 잠깐 나갔다. 주말마다 우리 동네에 와서 한과며 부각을 파는 아저씨가 있는데, 늦게 가면 사고 싶은 물건이 없어서 바로 나갔다. 그런데 연두와 초록이 섞인 공원 나무들이 어찌나 아름다운지 몰랐다. 난 나갔던 목적도 잊고 한참 동안 나무들을 바라보았다. 이맘때 나무는 정말 아름답다. 나무 아래에는 하양꽃, 분홍꽃이 피어 있는 철쭉이 가득했는데, 꽃보다도 연초록 나무이파리가 더 맘에 다가왔다. 주변을 둘러보니 공원길 걷는 사람도 많았고, 벤치에 앉아 얘기하는 사람도 많았다. 나무 아래 앉아 있으니 누구나 편안해 보였다. 잠시 멍하니 서 있다가 얼른 한과와 부각을 사러 갔다. 한과는 날이 더워지면 만들지 못한다고 한다. 조청에 깨나 튀밥을 묻히는데, 날이 더워지면 모양이 나지 않고 자꾸 부스러진다는 것이다. 여기 오는 아저씨한테 단골이 생긴 모양이다. 우리도 저번에 물건이 떨어져서 우편으로 받았는데, 우편으로 받는 사람이 둘이나 더 있다고 한다. 집에서 직접 만드는 것이라 맛있어서 요즘 잘 안 먹던 한과며 부각을 먹고 있다.

집에 들어와 일 좀 하려고 책상에 앉았으나 진도가 잘 나가지 않는다. 지난주에 피로한 탓인지 집중력이 떨어진다. 읽기 쉬운 책 하나를 집어 들고 침대에 누워 읽다가 그만 잠이 들었다. 잠에서 깨니 어느덧 6시, 종일 한 일은 별로 없지만 저녁밥은 먹어야 해서 "뭐 먹을까?" 물었더니 K가 "오늘 결혼기념일인데 밖에 나가서 외식하고 산책할까?" 한다. 그러고 보니 오늘이 4월 25일이다. K나 나나 늦게 결혼한 편인데, 올해로 28년째가 되었다. 한 30분 걸어서 식당에 가서 밥을 먹고 대장천 쪽으로 가서 걸었다. 마침 달도 휘영청 밝고 별도 총총 떠 있다. 대장천 생태습지에서 보니 북두칠성 자리의 별이 맨눈으로는 5개가, 망원경으로는 7개가 다 보였다. 시리우스, 폴룩스, 카스토로, 알데바란, 화성은 잘 보였고, 망원경으로는 삼태성도 잘 보였다.

커피 한 잔을 옆에 놓고 책상에 앉아 있는데 건너편 책상에서 K가 밀바의 「축제의 노래」를 듣고 있다. 트윈폴리오의 〈축제의 노래〉의 원곡인데, 며칠 전에 밀바가 죽었단다. 밀바는 이탈리아에서 1939년에 태어났는데 〈축제의 노래〉, 〈리멘시타〉 등으로 널리 알려졌다. 브레히트를 좋아했고, 독일에서 인기가 있었다는 것을 이번에 알았다. 생각난 김에 트윈폴리오의 〈축제의 노래〉와 밀바의 〈Aria di festa〉를 같이 들어 보았다. 내 삶에 특별한 축제는 없었지만 노래 덕분에 축제라는 것을 생각할 수 있어 좋았다.

집에 들어올 때 꽃이라도 한 다발 사 올 작정이었는데 별 보고 달 보다가 그만 잊고 말았다. 내일은 좀 일찍 나가서 생태습지에 가득 핀 붓꽃이나 실컷 봐야겠다. 내가 관심 갖고 바라보면 그게 내 꽃 아니겠는가. (2021. 4. 25.)

영화 「자산어보」를 보고

085

동네 극장에서 설경구, 변요한 주연의 「자산어보」를 보았다. 이준익 감독의 「동주」, 「박열」을 재미있게 보았던 터라 기대하며 보았다. 순조 시대 벌어졌던 신유박해 때 정약전이 흑산도로 귀양 가서 똑똑하고 착실한 창대(장덕순)라는 어부를 만나 그의 도움으로 『자산어보』1814를 썼다는 내용이 서문이 적혀 있다. 이러한 기록을 바탕으로 정약전과 창대와의 관계를 허구로 구성하고, 정약전과 창대가 만났던 지점이 어디인가, 갈라섰던 지점이 어디인가를 보여 주는 영화였다.

영화에서 정약전은 조선 시대 명문가의 양반이지만 당파 싸움에 밀려 서학을 신봉했다는 이유로 흑산도로 유배를 간다. 창대는 시골 양반의 서자로 태어나 글공부를 하고 싶으나 독학의 한계를 실감한다. 정약전이 물에 빠져 죽을 뻔한 것을 구해 준 뒤 두 사람은 가까워진다. 정약전은 창대에게 사서삼경을 가르쳐 주고, 창대는 정약전에게 흑산도 주변에서 서식하는 물고기와 해산물에 대해 알려 준다. 정약전은 창대에게 서당 선생이 되어 아이들을 가르치게 한다. 창대가 제법 글공부를 했다는 소문이 나자 창대 아버지는 과거 공부를 하라며 창대를 데려간다. 창대는 진사에 합격하고 목사 밑에서 일을 보는데, 여기서 부패한 관리들의 실상을 목격한다. 결국 창대는 흑산도로 가족을 데리고 돌아오는데 그때 정약전은 죽고 난 뒤였다.

이준익 감독은 『목민심서』, 『경세유표』, 『여유당전서』를 쓴 정약용이 아니라, 『자산어보』, 『표해록』을 쓴 정약전을 주목한다. 이준익에게 정약용은 조선의 성리학을 새롭게 쇄신하고자 한 사람이었고, 정약전은 성리학적 세계를 넘어서서 구체적인 현실에 뿌리박은 사람이었다. 영화에 군포 때문에 자기의 생식기를 스스로 자르는 사람이 등장한다. 이걸 보고 창대가 격분하여 아전과 싸운다. 이 에피소드는 정약용이 쓴 시 「애절양哀絶陽」의 내용을 가져다 쓴 것이다.

영화에서 정약전은 창대에게 자기가 바라는 세상은 양

반도 상놈도 없고 임금도 없는 세상이라고 한다. 창대는 정약전을 이해하지 못한다. 자신은 임금에게 필요한 사람이 되고 싶고, 그렇게 됨으로써 의미 있는 일을 할 수 있다고 생각하는데, 정약전은 너무 멀리 있는 사람이었던 것이다. 이준익 감독은 가거댁을 통해 남성 중심의 사유도 비판한다. 알이 굵은 찐 옥수수를 먹으면서 정약전이 '씨가 좋았나 보다.'라고 말하자, 가거댁은 밭이 좋아야 튼실한 옥수수가 난다고 말한다. 거름 주고 물 주고 씨앗을 키우는 밭이 중요하다고 말이다.

영화 보고 난 뒤 K가 그런다. "어릴 때 가장 이해할 수 없는 말이 아버지 날 낳으시고 어머니 날 기르실 제… 라는 말이었어. 엄마가 우리를 낳았다고 했는데 이게 무슨 말인지 도저히 이해가 안 됐어." 그랬을 것이다. 가부장제에서 보면 열 달 배 속에서 키우고 몇 년 젖 먹여 키우는 어머니는 '날 기르는 것'이고, 씨를 제공하는 아버지가 '날 낳는 것'이었던 거다.

새로운 세상을 여는 인물을 우리는 문화 영웅이라고 한다. 상놈 창대에게 배워서 어류도감을 썼던 정약전도 그러한 문화 영웅일지도 모르겠다. (2021. 4. 26.)

그림책 강의를 준비하며

086

어제와 오늘 잇달아 그림책 강의를 의뢰받았다. 어제 의뢰받은 것은 순천그림책도서관에서 진행하는 전시와 연관해서 도슨트를 진행할 분들에게 전시 그림책에 관해 알려 주는 강의다. 봄, 여름, 가을, 겨울을 주제로 그림책을 고르고 원화를 전시하는데 이에 따른 교육프로그램을 짜는 것이다. 아마 세 시간씩 2회에 걸쳐 진행할 텐데, 강의 날짜는 5월 말로 정했다. 일곱 작가의 그림책 일곱 작품의 원화를 전시한다고 한다. 어제 자료를 받아서 읽고, 의문 사항과 더불어 몇 가지 요청을 했더니 오늘 자료를 더 풍성하게 보내 주었다. 기획자는 이미 갖고 있는 자료였는데 나에게 일부만 보내 주었던 것이다. 요새는 계속 동네를 빙빙 맴도는 형편이라 5월 말에 순천에 내려가서 하루 묵고 재미있게 그림책 이야기를 나눠 봐야지 하고 궁리 중이다.

오늘 의뢰받은 것은 정독도서관 강의다. 10월에 진행할 예정인데, 이것도 두 시간씩 2회에 걸친 강의다. 다문화 그림책에 관한 강의를 의뢰받았는데 혹시 사서 선생님이 생각하고 있는 복안이 있느냐고 물었더니 없다고 한다. 그냥 내 맘대로 짜서 강의하면 된다고. 그러더니 10월에 그림 형제 민담 일러스트레이션에 관한 전시를 할 예정이라고 한다. 그러니까 가능하다면 그림형제 민담에 나오는 그림책 중에서 다문화에 대해 알려 줄 수 있는 게 있으면 그렇게 강의해도 좋겠다고 한다. 전시 개요를 받아 봤는데 독일문화원과 함께 2000년 이후에 나온 그림 형제 민담집에 실린 일러스트레이션이나 그림 형제 민담 그림책을 전시할 모양이다. 5월쯤이면 현재 책방에서 진행 중인 '그림형제 민담 읽기'도 마칠 것 같다. 그러니 차차 준비해도 되겠다 싶다.

곧 준비해야 할 것은 5월 12일에 잡힌 파주 초등학교 교사들을 위한 강의다. 초등학교 교과서에 그림책이 실리면서 교사들도 그림책을 공부할 필요가 생겼다고 한다. 예전에 강의하러 갔던 초등학교의 선생님이 소개해서 가게 되었는데, 집 앞에 버스가 있어서 다행이었다. 중간에 한 번 환승을 해야 하기는 하지만 말이다. 이미 강의안은 보냈고 강의 시간에 맞춰 잘 가면 되니까 컨디션만 잘 유지하면 된다. 같이 읽고 싶은 그림책 목록을 보냈는데 한 권은 절판되었다고 해서 내가 가져갈 참이다.

듣는 사람이 누구냐에 따라 강의의 주안점을 조금씩 바꾸게 된다. 늘 그림책을 읽고 있기는 해도 나를 위해 읽는 거지 누구에게 가르치려고 읽는 게 아니라서 강의를 하게 되면 준비를 하게 된다. 가끔은 강의 준비하다가 예전에 미처 생각하지 못한 점을 발견하기도 한다. 나는 배우는 건 좋아하지만 가르치는 건 별 재능이 없다고 생각했다. 그래서 교사는 안 하겠다고 생각했는데 강의하다 보니까 재미있다. 강의도 내가 공부한 것을 나누는 것이라고 여기기로 했다. 공부해서 남 주나 하는데 공부해서 나누는 것도 기쁜 일 같다. (2021. 4. 27.)

생쥐와 새와 소시지 이야기

087

매주 목요일 오전에 민담 두 편 정도를 읽고 토론하는데, 내일 다룰 민담 중 한 편을 내가 발제하게 되어 꼼꼼하게 읽었다.

옛날에 생쥐와 새, 소시지가 한집에 살았다. 생쥐는 물 긷고 불 지피고 식탁을 차렸고, 소시지는 요리를 했고, 새는 나무를 해 왔다. 셋은 평화롭고 유쾌하게 살면서 재산도 꽤 모았다. 어느 날 새가 우연히 다른 새를 만나 자기들 셋이 얼마나 잘살고 있는지 자랑했다. 그랬더니 친구 새가 하는 말, 생쥐나 소시지가 하는 일이 뭐가 있냐, 새 너만 밖에서 고생하는 거 아니냐고 했다. 새는 다음 날 이제 종노릇 그만하겠다, 바보 노릇 그만하겠다며 서로 하는 일을 바꾸자고 한다. 생쥐나 소시지가 왜 그러냐고 말려도 막무가내로 고집을 피웠다. 그래서 소시지는 나무를 하고, 생쥐는 요리를 하고, 새는 식탁을 차리기로 했다. 나무하러 간 소시지가 시간이 지나도 오지 않아 새가 나가 보니 길에서 개에게 잡아먹혀 버렸다. 새가 따지자 개는 소시지가 가짜 편지를 갖고 있었다는 엉뚱한 이유를 댄다. 새는 쥐에게 소시지에게 벌어진 일을 들려주고 우리 둘이라도 잘살자고 다짐한다. 그런데 생쥐가 요리하려고 그릇 속으로 들어갔다가 국물에 빠져 죽고 만다. 새는 생쥐를 찾으러 왔다가 생쥐가 보이지 않자 불을 헤집다가 집에 불을 낸다. 새는 물 길으러 우물에 갔다가 양동이를 우물에 빠트리고 우물에 빠진다. 남의 말 듣고 관계를 깬 새 때문에 소시지도 죽고, 쥐도 죽고, 새 자신도 죽게 된다는 이야기다.

여기서 새와 친구 새, 개의 성격을 살펴보자. 새는 아무런 불만이 없었다. 그런데 친구 새가 왜 새 너만 고생하고 사냐며 이간질을 한다. 친구 새는 새가 하는 자랑에 속상했을 수도 있고 남이 잘사는 게 배 아파서 그랬을 수도 있다. 친구 새는 만나지 않는 게 좋은 요주의 인물이다. 소시지를 먹은 개는 어떤가? 개는 소시지가 주인 없는 음식이라고 생각해 얼른 먹는데, 소시지가 가짜 편지를 갖고 있어서 먹었다며 자기 행동을 합리화한다. 개 또한 만나지 않는 게 좋은 요주의 인물이다. 새는 어떤가? 새는 단순한 성격이다. 친구 새가 이간질을 하자 오랫동안 사이좋게 지냈던 소시지나 생쥐의 인품 같은 건 생각하지도 않고 자기가 당했다고 생각한다. 귀가 얇고 속기 쉬운 인물이다. 『그림 메르헨』에서는 셋이 동등한 인물로 나오지만 『그림 형제 민담집』에서는 새가 대장이라고 나온다. 그러니까 둘은 대장인 새의 말을 무시할 수가 없는 것이다. 그만큼 대장의 판단이 중요하다는 또 다른 의미도 내포하고 있다.

새와 생쥐와 소시지 이야기는 우화적 성격이 짙다. 서로 특성이 다른 인물을 등장시켜 메시지를 분명하게 드러낸다. 함께 도우며 살면 평화롭고 유쾌하게 살 수 있다. 그런데 나만 중요한 일을 하고 남들은 놀고 있다고 생각하면 그 관계는 무너지게 되어 있다. 현실에서라면 다 죽지는 않겠지만, 서로 싸우고 비난하면서 혼자 사는 것만도 못한 모습으로 살게 될 것이다. 나도 애쓰지만 남도 나만큼 애쓴다는 것, 이것을 인정하는 게 공동생활의 매너가 아닐까 싶다. (2021. 4. 28.)

브레멘의 음악대

088

오늘 그림 형제 민담 읽기 모임에서 「생쥐와 새와 소시지 이야기」, 「브레멘의 음악대」를 읽고 토론했다. 「브레멘의 음악대」에서 흥미로운 의견이 많이 나와 기록해 둔다.

늙고 힘이 없어 일을 못하게 되자 주인의 손에 죽게 된 당나귀가 있다. 당나귀는 도망쳐 나와서 악사가 되고자 브레멘으로 향한다. 당나귀는 도망쳐 나온 늙은 사냥개를 만나자 브레멘으로 같이 가서 음악대를 만들자고 한다. 둘이서 가다가 도망쳐 나온 늙은 고양이를 만나자 당나귀는 같이 브레멘으로 가자고 청한다. 세 도망자들이 어느 시골집을 지나가는데 문 위에서 수탉이 운다. 당나귀가 무슨 일이냐고 묻자 수탉은 오늘 저녁이면 자기 목이 비틀릴 거라고 대답한다. 당나귀는 수탉에게 '죽음보다 나은 어떤 것Etwas

Besseres als des Tod'을 발견할 수 있을 거라며 같이 달아나자고 청한다. 어두워지자 네 친구는 숲속에서 하룻밤 묵기로 한다. 당나귀와 개는 나무 아래 자리 잡고, 고양이와 닭은 나무 위로 올라갔다가 멀리 반짝이는 불빛을 본다. 거기는 맛있는 음식들과 마실 것이 가득한 도둑들의 집. 네 친구는 한꺼번에 소리를 질러 도둑들을 쫓아내고 편안하게 살게 된다.

당나귀, 사냥개, 고양이, 수탉은 모두 다 늙고 힘없는 존재다. 이들은 주인이 바라는 일을 할 수 없기 때문에 죽을 상황에 처하고, 죽지 않으려고 도망친다. 살다 보면 우리 또한 모든 능력을 잃고 쓸모없는 존재가 될지도 모른다. 하지만 이때부터 또 다른 새로운 삶을 시작할 수 있다는 것을 이 인물들은 알려 준다. 가장 흥미로운 인물은 당나귀다. 당나귀는 죽을 지경이 되어 도망치면서 브레멘에 가서 악사가 되고자 한다. 해 보지 않은 일을 해 보려고 하는 것이다. 자기 형편도 좋지 않은데 만나는 이들에게 형편이 어떠냐고 묻는다. 상대방의 상태를 구체적으로 알고자 하는 것인데, 이것이 「생쥐와 새와 소시지 이야기」의 새와 다른 점이다. 상대방에 대해 알아야 우리는 상대방의 처지에 공감할 수가 있다.

'브레멘'이라는 도시에 관해 많은 이야기를 나누었다. 브레멘은 한자 동맹에 속한 도시다. 독일어 Hanse는 '친구' 또는 '무리'란 의미를 가진 중세 독일어로, '길드'나 '조합'을 의미한다. 한자 동맹은 13~15세기 북유럽에서 중요한 정치적 세력이었다. 그림 형제가 민담을 수집하고 책으로 만들 때도 여러 개의 공국과 도시 국가로 나뉘어 있었다. 브레멘으로 간다는 것은 일차적으로 주인에게서 벗어나 자유로운 도시로 간다는 의미가 있고, 좀 더 깊이 생각하면 넷이 길드를 이루어 함께 살아가고자 한다는 것을 의미한다. 물론 브레멘에 가기 전에 넷이서 편안히 살 만한 곳을 찾아 그곳에 머물게 되었지만 말이다.

「브레멘의 음악대」은 죽을 지경이 되더라도 살고자 하는 의지가 있다면 얼마든지 살아갈 수 있다는 것을 보여 준다. 또, 마음을 담아 남에게 말을 거는 게 얼마나 중요한 일인가를 보여 준다. 도망자 넷이 함께 살아가는 숲속의 집, 그곳이야말로 자유로운 삶을 살아가는 네 친구의 유토피아일 것이다. (2021. 4. 29.)

흐린 날의 대화

089

요즘은 대체로 날이 흐리다. 포장 음식을 주문하고 저녁 먹기 전에 한 시간 정도 걸었는데 기온이 낮아서 손이 다 시렸다. "이 정도면 냉해 아니야?" "내일이면 5월인데 손이 시리다는 게 말이 돼?" K하고 서로 주거니 받거니 하면서 동네 공원을 걸었다. 집 가까운 동네 공원의 이팝나무에 꽃이 활짝 피어서 초록 나무꼭대기에 쌓인 눈처럼 하얗게 보인다. 조팝나무의 꽃이나 이팝나무의 꽃은 참 예쁘지만, 이름의 어원을 생각하면 먹을 게 없던 시절의 흔적이라 마음이 불편하다.

동네 가츠레츠 가게에서 음식을 포장해 와서 처음 먹는데 생각보다 괜찮았다. K는 돈가스를 주문했고 나는 생선가스를 주문했는데, 튀김도 샐러드도 넉넉하게 담겨 있었다. 집에서 먹으니까 천천히 먹을 수 있고 음식을 남길 수도 있다. 밖에서 먹을 때는 음식이 많아도 버리기가 아까워서 다 먹게 된다. 하기야 이건 나같이 많이 먹는 사람의 핑계일지도 모른다. 얼마 전에 동네 친구 내외와 후배 그리고 우리 집 내외가 함께 걷고 저녁을 먹었는데, 한 친구가 밥을 아주 적게 먹었다. 올갱이국에 밥을 말았는데 절반 이상을 남겼다. 배가 불러서 못 먹겠다는 것이었다. 그때 알았다. 마른 사람들은 이유가 있었다. 배부를 만큼 먹지를 않는다. 이렇게나 적게 먹는데 저 멀리 있던 그 친구 남편이 그런다. 우리 마눌님은 적게 먹는 것 같지만 하루 종일 먹어요…. 그러자 마눌님 왈, 난 많이는 안 먹지만 배가 고프면 과자 한 조각이라도 먹어야지, 안 먹으면 쓰러질 거 같아요. 그럴 것이다. 배에 지방이 두둑하게 끼어 있지 않으니 배고프다는 건 바로 에너지가 다 떨어졌다는 신호일 것이다.

저녁 먹고 나서 30분쯤 더 걸었다. 날씨 때문인지 둘이 걸으면서 냉해에 관해 얘기를 나누었다. 조선 500년 중에 성종과 영조의 치세가 100년쯤 된다. 성종 초기에는 심한 기근이 있었지만, 그 뒤에는 날씨가 따뜻해져서 풍년이 들어 살기가 좋았다고 한다. K가 그런다. "춘향전 보면 서두에 그런 말이 나와. 때는 바야흐로 살기 좋은 성종대왕 시대라고." 풍년이 들어 먹고사는 데 걱정이 없어야 살기 좋은 시대일 것이다. 공자님이 말씀하시지 않았던가. 입고 먹는 게 족해야 예절을 안다고. 여기서 예절은 예의와 범절을 가리키는 것인데, 예의는 '사람이 마땅히 지켜야 할 예절과 의리'를 가리키고 범절은 '규범이나 도리에 맞는 모든 질서나 절차'를 가리킨다. 먹고살 만해야 서로 지켜야 할 것들을 잘 지키고 질서 있게 살아갈 수 있다는 것이다.

강원도에서는 오늘 우박도 떨어지고 폭설도 내렸다 한다. 이렇게 계속 기온이 낮으면 농사도 걱정이 된다. 날씨가 얼른 제자리를 찾았으면 좋겠다. (2021. 4. 30.)

자연의 힘

090

어제 걷다 보니 쌀쌀해서 오늘은 옷을 껴입고 나갔다. 언제 비가 올지 몰라 우산을 가지고 나갔다. 아니나 다를까. 찻길을 건너자마자 비가 후두둑 떨어지기 시작한다. 우리 앞에 투명 우산 셋이 걸어간다. 우산 쓰고 걸어가는 엄마와 아이 둘이다. 앞서가던 우산 셋은 곧 아파트 단지로 사라졌다. 좀 더 걸어가니 대장천. 며칠 내린 비에 완전히 흙탕물이다. 그 흙탕물 속에서도 헤엄치며 먹이를 찾는 흰뺨검둥오리들이 대견하다.

생태습지에 들렀다. 붓꽃이 많이 피었다. 생태습지에 유난히 붓꽃이 많이 핀 곳이 있다. 붓꽃을 살펴보니 빗방울이 살포시 꽃잎에 앉아 있다. 비 덕분에 풀들이 무성해졌다. 대장천을 따라 걷다 보니 풀들이 수북하게 자라서 동글동

글하게 보인다. 얼마 전까지만 해도 죄다 누런색이었는데 초록 융단처럼 모습이 바뀌었다. 자연의 힘이 참 대단하다.

생태습지 근처 대곡역 쪽으로 흐르는 대장천에 제비처럼 생긴 새들이 날고 있다. "어, 제비다!" 했더니 K가 그런다. "제비는 아직 안 오지. 제비보다 몸집이 훨씬 작네." 맞다, 제비보다 몸집이 작다. 그런데 검은 날개에 하얀 배가 꼭 제비처럼 보인다. 집에 돌아가 이름이 뭔지 알아봐야지 했는데 아직 못 찾아보았다.

논에는 이미 물이 가득 차 있다. 그 논이 호수처럼 보였는지 흰뺨검둥오리 두 마리가 유유히 헤엄치고 있었다. 무논 뒤로는 아파트 건물들과 북한산이 보였는데 북한산 꼭대기에 짙은 구름이 감돌고 있었다. 구름이 감도니 북한산도 신비롭게 보인다. 대장천 주변에는 과수원도 많고 꽃나무도 많다. 어느새 배꽃도 지고, 아로니아가 작고 흰 꽃을 달고 있다.

길가에 불두화가 커다란 꽃을 매달고 있었다. 둥그런 꽃 모양이 부처님 머리를 닮았다고 해서 불두화라고 한다는데, 한동안 불두화하고 수국을 구별하지 못했다. 알고 보니 불두화는 백당나무가 돌연변이한 것이었다. 백당나무나 불두화는 흰 꽃이 핀다. 수국은 색깔이 자주 분홍, 파랑, 하양 등 여러 가지이고 꽃도 불두화보다 좀 늦게 핀다. 대장천과 지렁동을 걷다가 불두화와 수국에 관심을 갖게 되었다. 지렁동에도 여기저기 불두화가 피었기 때문이다.

사계절이 오가도 그냥 그런가 보다 했는데, 집밖에서 걷기 시작하면서 자연의 변화에 민감해졌다. 오늘 물 댄 논을 몇 군데 보면서, 예전에 농부에게는 일조량이며 기온이며 강수량이 얼마나 중요했을까 생각했다. 밭 갈고, 거름 내고, 씨 뿌리고, 김매고. 농사는 농부가 짓지만 하늘이 돕지 않으면 안 되는 일이었다. 하늘에서 해가 비치고 비가 와야 하는 것이니 말이다. 나 혼자 다 하는 게 아니라 하늘의 도움이 필요하다는 생각, 그런 마음이 사람에게 소중한 게 아닐까.

성경에 바벨탑 이야기가 나온다. 사람이 하늘까지 이르는 높은 탑을 쌓고 하느님처럼 되려고 하자 하느님이 사람의 언어를 서로 다르게 만들어 온 세상에 흩어지게 했다는 이야기. 요즘 세상 돌아가는 것을 보면 사람이 자신을 하느님이라고 착각하고 있는 건 아닌지 모르겠다. 그런 오만이 지구에 사는 다른 생물들은 물론 우리 사람들을 위험하게 만든다. 두려운 일이다. (2021. 5. 1.)

어린이 문학의 의미

091

어린이 문학은 어떤 의미가 있을까? 오랫동안 어린이 책을 만들고, 어린이 문학을 공부하기도 했지만, 어린이 문학의 의미가 무엇일까 특별히 생각해 보지는 않았다. 어린이 문학이 지향하는 것과 문학 일반이 지향하는 것이 그리 큰 차이가 없다고 생각하기 때문이다.

그렇다면 문학은 어떤 의미가 있을까? 독자는 작가가 만든 세계로 들어가 작품에 나오는 인물들과 함께 체험한다. 독서는 단지 책 한 권을 읽는 데서 끝나는 게 아니라 작가가 만든 세계를 체험하는 과정인 것이다. 사실 한 개인이 직접 체험하는 세계는 그리 넓거나 깊지 않다. 문학을 통해 우리는 자신이 직접 체험하지 못한 세계를 만나고, 세계에 대해 더욱 넓게 이해할 수 있게 되고, 이를 통해 타인에 대해 공감할 수 있게 된다. 어린이 문학도 마찬가지일 것이다. 독자가 어린이라는 것이지 일반 문학 독자와 큰 차이가 없을 것이다. 어른보다 경험 세계가 좁은 어린이들에게 문학작품이 보여 주는 세계는 더욱더 놀랍고 흥미진진할지도 모른다.

어린 시절에 읽었던 문학작품 중에서 지금도 생각나는 작품이 있다,『알프스의 소녀 하이디』,『인어 공주』,『플란더스의 개』가 바로 그런 작품이다. 대개 초등학교 때 읽었던 작품인데, 작품을 읽다가 주인공의 처지에 공감하며 눈물 흘렸던 대목이 있다. 하이디가 집에 돌아가고 싶어 몽유병에 걸렸을 때, 인어 공주가 단도로 왕자의 심장을 찌르지 못해 공기의 요정이 되고 말았을 때, 네로가 그림을 보며 죽을 때 나도 모르게 눈물이 났던 것이다.

요즘 나는 대단한 작품을 읽어도 눈물을 흘리지 않는다. 어린 시절 작품 속 인물에 공감했던 것만큼 공감하지 못하는 것이다. 작품을 읽을 때 내 속의 비평가가 나타나 자꾸 이것저것 참견한다. 어린이 문학의 독자는 그렇지 않다. 어린이 독자는 작품 속 인물과 친구가 된다. 어린이 독자는 작품에서 만난 친구들과 평생 함께 살아갈 수 있다. 어린이 문학의 인물들은 어린이 독자에게 이렇게 말을 건넨다.

"너, 이 세계에 온 걸 환영해. 우리 친구가 되어 함께 살아가자." 삐삐, 피노키오, 하이디, 몽실이…. 이런 인물들이 등장하는 작품들을 읽으면서, 이런 인물들의 행동과 생각에 공감하거나 반대하면서 어린이의 마음은 성장하는 것이다.

최근에 어떤 어머니에게서 메일을 받았다. 오래전에 번역한 『생쥐 수프』(아놀드 로벨 지음, 엄혜숙 옮김, 비룡소, 1997)를 좋아하는 아이 이야기였다. "저도 아이들 둘 키우면서 매일매일 그림책의 힘, 이야기의 힘을 느끼곤 합니다. 요즘 제 둘째 아이(6살)는 집에서 큰 소리로 혼자 노래를 하는데, '조용히 좀 해 줄래?' 하고 부탁하면 '뭐? 더 큰 소리로 노래를 해 달라고?' 하면서 혼자 아놀드 노벨의 『생쥐 수프』에 나온 귀뚜라미처럼 더 크게 노래를 부른답니다. 그러고 뭐가 그리 웃긴지 자기 혼자 웃으면서 또 『생쥐 수프』 책을 펼쳐 읽곤 해요. 『생쥐 수프』, 저희 아이들의 최애 동화책입니다." 여기 언급된 작품은 「귀뚜라미들」이란 작품이다. 생쥐가 잠을 자려고 하는데 귀뚜라미가 하나 와서 노래를 한다. 조용히 해 달라고 하자 귀뚜라미는 "뭐라고? 음악을 더 큰 소리로 듣고 싶다고?" 하면서 친구를 하나 더 데려온다. 결국 노래하는 귀뚜라미가 10마리가 되어서야 이 상황은 끝난다. 그런데 여섯 살짜리 아이는 마치 자기가 귀뚜라미가 된 것처럼 현실에서 적용하며 살아가는 것이다.

어린이가 어른이 아니듯이 어린이 문학도 분명히 일반 문학과 다른 지점이 있을 것이다. 그게 무엇일까? 아마도 지나치게 어렵거나 복잡한 내용은 어린이가 이해하기 힘들 것이다. 그렇지만 어린이는 인간의 기본형 아닌가. 어른은 누구나 어린이였다. 그렇기 때문에 어린이 문학은 어른도 얼마든지 읽을 수 있다. 그렇다면 어른이 어린이 문학을 읽는 이유는 무엇일까? 우리의 미래인 어린이를 이해하고 공감하기 위함이 아닐까? 어린이 문학은 평생 세 번 읽는 문학이라고 한다. 한 번은 어린이일 때, 한 번은 어른이 되어 어린이와 함께, 그리고 노인이 되어 지나간 시간을 돌이켜 보기 위해. 어쩌면 어린이 문학이야말로 어린이부터 어른까지 함께 읽고 공감할 수 있는 문학일지도 모르겠다. 서로 공감하고 이해하기 위해 문학작품을 읽는다고 한다면 어린이 문학이야말로 남녀노소가 함께 읽기에 가장 좋은 텍스트일 것이다. (2021. 5. 2.)

덧: 이 글은 구로기적의도서관 2021년 5월 5일 어린이날 특별칼럼으로 실렸다.

음식과 기억

092

근처에 사는 동화작가가 만화학원에서 웹툰 작가가 되고 싶어 하는 중고등학생들에게 이야기 만드는 법을 가르친 적이 있다. 학생들에게 "지구의 종말을 맞아 딱 한 가지 음식만 먹을 수 있다면 뭘 먹고 싶으냐?"고 질문했더니 많은 학생이 프라이드치킨 먹고 싶다 했다고. 요즘은 프라이드치킨을 흔하게 먹지만 예전에는 그런 음식이 없었다. 튀긴 통닭이 있기는 했는데 그건 요즘의 전기구이 통닭이다. 쇠꼬챙이에 꿰어 빙빙 돌려 기름기가 쫙 빠진 통닭. 그 통닭도 꽤 커서 먹은 것 같고, 대개는 닭 한 마리에 채소를 듬뿍 넣고 끓인 닭 개장국이나 백숙으로 먹었다.

저녁을 먹고 걷다가 옛이야기를 하게 되었다. K가 어릴 때 이야기를 한다. 6학년 때 방학이라 외가에 갔는데, 그때 사촌 누나들하고 처음 통닭 먹으러 갔다는 것이다. 마침 누나 하나가 여고를 갓 졸업했고 취직했고, 또 다른 누나는 여상 졸업하고 2년 정도 직장 생활을 했단다. 셋이서 통닭집에 가서 통닭을 한 마리씩 먹었는데 통닭이 손바닥만 했다고. 다 먹고 나서 누나들이 제과점에도 데리고 가서 아이스케키도 사 줬다고. 나중에 누나들이 그랬단다, 집에 돌아가서 셋이서 통닭 먹었다는 얘기 절대 하지 말라고. 자기 생각에는 누나들도 방학에 사촌 동생이 놀러 왔다고 큰맘 먹고 통닭 사 먹은 거지 평소에 먹는 음식은 아닌 것 같단다. 그러면서 하는 말, "그거 생각하면 사촌 누나들한테 잘해야 하는데, 내가 너무 무심하네."

그러고 보니 K에게 들은 사촌 누나들 얘기는 대개 먹는 것과 관계가 있다. 예전에 들은 매화 누나 얘기도 그렇다. 어머니가 편찮아서 입원해 있을 때 사촌 누나가 집에 와서 밥을 해 주었다는 얘기였다. 매화 핀 걸 보니까 매화 누나 생각이 난다며 그 얘기를 했다. 오늘 들은 두 누나 얘기도 프라이드치킨 얘기 하다가 나왔다. 음식과 관계된 추억은 오래간다. 오래토록 잊히지 않는다. 먹는 음식은 대개 누군가와 연결되어 있기 때문이다.

나도 음식과 관계된 추억이 있다. 결혼한 지 얼마 안 되어 K가 대학 강사로 일하던 시절이다. 나도 직장 생활 한다고 바빴고 본인도 여기저기 강의 다닌다고 바쁠 때였다. K가 저녁 강의하고 나서 집에 돌아오면 한밤중이었다. K는 저녁을 먹는 둥 마는 둥하며 다녔다. 어느 날 내가 시간이 좀 나기에 집에 있던 재료로 돼지고기두루치기를 만들었다. 강의 마치고 돌아온 K에게 한 그릇 차려 주었더니 맛있게 먹으면서 고맙다고 했다. 내 요리 솜씨라는 게 지금이나 그때나 썩 좋지 않아서 잘해야 그저 먹을 만할 정도다. 밤늦게 돌아와 시장하던 차에 자신을 위해 게으른 아내가 따뜻한 음식을 차렸다는 게 흐뭇했던 모양이었다. 나도 그때 K가 고맙다고 하는 말에 내심 놀랐다. 시간도 있고, 재료도 있어서 만든 건데 상대방의 반응에 놀랐던 거다. 식구라는 말을 한자로 쓰면 食口, 곧 '먹는 입'이라는 뜻이다. 한집에 살면서 끼니를 같이하는 사람을 우리는 한 식구로 생각했다. 그때 그런 사소한 일들이 아직도 나와 K를 한 식구로 살아가게 하는 게 아닐까 잠깐 생각해 보았다. (2021. 5. 3.)

꿈꿀 자유

093

저녁 강의 마치고 전철을 탔다. 비가 오는 날이라 전철이 나을 거 같아서였다. 전철이 붐빈다. 평소에는 전철에서 앉아 돌아오는데 계속 서 있어야 했다. 대곡역에서 3호선으로 갈아탈 작정이었으나 사람이 많고 답답해서 행신역에서 버스로 갈아탔다. 버스는 전철보다는 사람이 적었다. 한 정거장만 서서 가고 곧 앉아 갈 수 있었다. 옆에 앉은 이는 젊은 여자인데 흰 반팔 티셔츠를 입었다. 비가 와서 날씨가 쌀쌀한데 걸옷을 벗어 무릎에 놓아두고 있었다. 젊음이 좋기는 좋구나 싶었다.

화정중앙공원에서 버스가 섰다. 옆에 앉았던 젊은 여자가 앞서 내리고, 나도 잇달아 내렸다. 버스에서 내릴 때 물 고인 데를 밟았는지 금방 운동화가 젖어 왔다. 발은 젖었지만 집 가까이 오니 안심이 된다. 비도 그다지 많이 오지 않는다. 주변을 둘러보면서 천천히 걸어서 집으로 왔다. 그런데 이게 어쩐 일이람? 아까 버스에서 내 옆에 앉았던 젊은 여자가 우리 아파트 엘리베이터 앞에 서 있었다. 다시 보니 눈이 맑고 키가 훤칠했다. 다리가 길고 허리가 짧아서 청바지 모델 비슷한 몸매였다. 요즘 젊은이들은 확실히 체형이 다르다. 늘씬한 체형도 부럽지만 쌀쌀한 날씨에 짧은 반팔 티셔츠를 입을 수 있는 젊음이 더 부럽다.

집에 들어와 젖은 양말을 벗고 손을 씻었다. 집에 불이 꺼져 있어 K가 어디 갔나 했더니 자고 있다. 내가 옷을 갈아입느라 부스럭거렸더니 얼핏 잠이 깨서 그런다. "어쩐지 잠이 마구 쏟아져서 자고 있어." 아까 내가 강의하러 갈 때 K도 행신역까지 같이 갔다. 나는 전철을 타고 서강대역까지 갔고 K는 천천히 걸어서 집으로 돌아왔다. 저녁 먹고 나서 나는 일하러 간 거고 K는 집까지 걸어갔던 것이다. 저녁 먹고 나서 비 내리는 길을 혼자 걸었으니 피곤할 것이다. 금방 피곤해지고 금방 시장해지는 걸 보면 우리도 이제 노년기에 접어든 것이다.

오늘 H문화센터에서 그림책글쓰기입문 강의를 시작했다. 이번에는 10명이 함께 하는데 남자 수강생이 한 명이다. 회사원으로, 딸에게 매일 그림책을 읽어 주고 이야기를 만들어 들려주다가 그림책을 두어 권 만들었다고 한다. 그림은 정말 형편없지만 딸아이가 아주 좋아해서 이참에 그림책 글을 써 볼까 해서 참여하게 되었다고 한다.

공부하는 데는 어디나 여자가 많고 남자가 적다. 그런데 숫자는 적지만 남자 중에는 의외의 실력파가 있다. 저번 기에는 남자가 두 명 참여했는데 한 사람이 글을 아주 잘 썼다. 늦둥이 아들이 있어서 그림책을 읽어 주다가 관심을 갖게 되었다는데, 수업 시간에 글도 여러 편 발표했다. 단톡방을 만들어 서로 소식을 주고받는데, 올해 신춘문예에 동화가 당선되기도 했다. 여자들은 대개 시간을 쪼개 공부하거나 글 쓰는데 비해, 남자들은 뭔가 시작하면 하루 종일 그 일에 매달리는 것 같았다. 자신을 위해 쓸 수 있는 시간이 있기 때문에 결과물도 좋게 빨리 나오는 것이다.

꿈꿀 자유는 누구에게나 있다. 꿈이란 건 밖을 내다보는 작은 창문일지도 모른다. 그 창문으로 드나들 수는 없어도 밖을 내다보며 답답한 마음을 해소할 수 있을 것이다. 누군가와 대화할 수 있을 것이다. 그림책 만들기를 꿈꾸는 남녀 열 사람을 만났다. (2021. 5. 4.)

아이들은 기다리고 있어

094

아침에 일찍 일어났다. 어젯밤에 일찍 잤더니 일찍 깬 것이다. 어젯밤에 춥다고 전기장판에 스위치를 올리고 잤다. 따끈따끈해서 일어나기가 싫었지만 의지력을 사용해 볼 겸 일어났다. 신선한 커피를 마시고 싶어 커피콩을 사러 집 아래 커피집에 갔다. 경비 아저씨가 인사를 건넨다. "아침 일찍 어디 가시나 봐요?" "아, 네, 커피 사러 가요." 커피집에 갔더니 이런, 아직 문을 열지 않았네. 문에 적혀 있는 안내문을 읽어 보니 10시부터 문을 연다고. 내가 처음으로 10시 이전에 집 아래 커피집에 내려간 모양이다.

집으로 올라와 커피콩을 살펴보니 오늘 하루는 마실 수 있는 양이다. 커피를 갈고 물을 끓여서 커피를 내렸다. 사과 한 알, 찐 달걀 한 알, 치즈 한 장, 빵 두 쪽, 커피 한 잔을 아침으로 먹었다. 아침을 먹고 나서 어젯밤 읽던 책을 마저 다 읽었는데도 9시가 채 되지 않았다. 아침잠이 많기 때문에 일찍 일어난 내가 낯설다. 오늘은 오전이 꽤 길 것만 같다. 세탁기를 돌리고 설거지를 하고 난 뒤에도 여전히 오전이다.

책상에 앉아서 일을 시작했다. 얼마 전에 번역을 의뢰받은 그림책이다. 좋아하는 작가, 아라이 료지의 그림책 『아이들은 기다리고 있어』인데, 어린이날 번역하기에 좋은 텍스트 같다. 이 작가의 그림책은 대체로 글이 짧고 단순하다. 본래 그림 그리는 이였던지라 그림으로 많은 내용을 전달하기 때문이다. 띠지에 있는 글을 보니까 이런 내용이 적혀 있다. "내가 대학생 때에 초신타의 『지평선이 보이는 곳』을 손에 넣는 일이 없었더라면 그림책을 만들지 않았을 거라고 생각한다. 언젠가 나의 『지평선이 보이는 곳』을 그리고 싶다고 생각했는데, 어쩌면 이 『아이들은 기다리고 있어』가 그것일지도 모른다. 그래서 이 책을 초신타 상에게 바치려고 한다." 아라이 료지는 그 책의 어떤 부분을 이 책에 가져왔을까. 『지평선이 보이는 곳』을 읽어 보고 싶다.

『아이들은 기다리고 있어』에서 글은 정말 단순하다. 아이들이 기다리고 있는 것을 차례대로 열거한다. 아이들은 배가 지나가는 것, 당나귀가 오는 것, 화물열차가 오는 것, 비가 개는 것, 여름, 낙타가 오는 것, 눈이 내리는 것, 축하의 날, 고양이가 나오는 것, 저녁노을, 양초 끄는 것, 달이 나타나는 것, 커튼이 열리는 것을 기다리고 있다. 그야말로 무언가 기다리는 여러 아이들을 보여 주는 것이다.

화면에 시처럼 짧은 글이 나오고 그림이 나온다. 여기서 "아이들은 기다리고 있어."는 후렴구 같은 역할을 한다. 그림은 글의 내용을 디테일하게 보여 준다. 글은 그림을 자세히 보도록 하는 안내자일 뿐 작가는 그림을 통해 자신의 생각과 느낌을 표현하는 것이다. 그림도 보고 글도 보며 번역하는 사이에 오전이 휙 지나갔다. 오전이 너무 길 거 같았는데 이제 곧 점심 먹을 때다. 커피 한잔 마시며 잠깐 쉬자.

(2021. 5. 5.)

책방의 매력

095

책방에 갔다. 오전 10시부터 오후 1시까지 줌으로 그림 메르헨 모임을 했다. 「지푸라기와 석탄과 콩」과 「헨젤과 그레텔」, 두 이야기를 읽고 토론했다.

「지푸라기와 석탄과 콩」은 '콩에는 왜 줄이 나 있나?' 하는 유래담이다. 콩의 모습을 보고 이야기를 만들었다고 할 수 있는데 재미있다. 할머니의 냄비에서 튀어나온 콩 한 알과 화로에서 나온 지푸라기와 석탄이 집을 나선다. 셋이 가다가 개천이 나오자 지푸라기가 다리가 되고 그 위를 석탄이 지나갔다. 그런데 석탄이 주춤거리자 지푸라기는 불이 붙어 타고 석탄도 물에 빠진다. 이걸 보고 콩이 웃다가 그만 배가 터졌는데 지나가던 재봉사가 꿰매 주어 콩에 까만 줄이 생겼다는 것이다. 흥미로운 점은 청록파 시인 조지훈이 이걸 보고 번안한 이야기가 있었다. 조지훈의 이야기에서는 석탄은 숯으로, 재봉사는 신기료장수로 바뀌었지만 이야기의 기본 구조는 같았다.

「헨젤과 그레텔」을 두고는 많은 이야기가 오갔다. 먹는 것에 대한 문제, 엄마의 역할, 엄마로부터 아이가 자립하는 문제, 초반에는 오빠인 헨젤이 주도적이다가 후반에는 여동생 그레텔이 주도적으로 대처하는 이유, 아버지의 역할이 미비한 점, 엄마의 죽음, 엄마(초판)가 계모(최종판)이라고 바뀐 것의 장단점과 그 이유 등등. 이구동성으로 주목한 것은 '마녀의 과자집'이었다. 부모가 아이를 버린다는 무서운 이야기보다 숲속에 아주 매력적인 과자집이 있었다는 것이 기억에 남았다고들 했다.

「헨젤과 그레텔」의 전반부, 흉년을 맞아 자식을 버릴 수밖에 없을 만큼 극한 상황에 몰린 건 현실의 반영일 것이다. 반면에 후반부, 숲속에서 마녀가 만든 과자집을 발견하고 여기서 살다가 자기들을 잡아먹으려는 마녀를 처치하고 보물을 갖고서 집으로 돌아오는 것은 마음이 만든 소원 상황일 것이다. 현실에서라면 숲속에 버려진 두 아이는 굶어 죽거나 짐승들에게 잡아먹힐 것이다. 하지만 인간의 마음은 그런 결말을 원하지 않기에 마녀의 집에서 죽을 뻔하다가 그 마녀를 처치한다. 그리고 두 아이는 적극적으로 아이를 버리자고 한 어머니가 죽고 아버지가 홀로 남은 집으로 돌아온다. 「헨젤과 그레텔」은 다양한 해석이 가능한 민담이라는 걸 깨달았다.

점심 먹고 서가를 둘러보며 책을 골랐다. 책방이나 도서관에 가면 눈에 띄는 책을 발견할 수 있다. 오늘은 역사책 한 권, 시집 한 권, 하이타니 겐지로가 쓴 아이들 이야기 두 권을 샀다. 역사책은 『세계사 추리반』(송병건, 아트북스, 2021)이란 책인데, '청소년들을 위한 그림 속 세계 역사'란 부제가 붙어 있다. 『문학과 예술의 세계사』를 읽으면서 세계사 공부가 필요하다는 걸 느꼈는데, 재미있게 읽을 만한 역사책부터 읽어야겠다. 이 책은 세계사를 20가지 키워드로 다룬 것인데, 도판이 많이 있고 강연하듯 쓰여 있어서 쉽게 읽을 수 있다. 오늘 1장 진시황과 분서갱유, 2장 노예제와 로마의 몰락을 읽었는데 흥미진진했다. 직접 책을 보고 고를 수 있다는 것, 책을 잘 아는 주인장의 조언을 받을 수 있다는 것이 전문서점의 매력 같다. 맘 같아서는 얼른 다 읽고 싶지만 할 일이 있으니 하루에 두 장씩 읽기로 했다. (2021.5. 6.)

삶의 또 다른 틈새

096

어쩌다 시작한 글쓰기가 곧 100일이 된다. 별다른 이유 없이 글을 써 본 게 얼마 만인지 모르겠다. 글자를 배운 뒤로 늘 뭔가 읽고 있다. 머리에 글을 입력하는 셈이다. 그에 비해 글쓰기, 즉 출력은 그다지 많지 않다. 대학 시절까지는 노트 필기도 하고 시나 에세이 비슷한 글을 끄적거리기도 했다. 직장 다닐 때는 업무 노트에 일정이라든가 일과를 적곤 했다. 요즘은 탁상달력에 일정을 표시하고 스케줄러에 일주일 일정을 적곤 하는데, 할 일을 적고 체크하는 것이라 글이라고는 할 수 없을것이다.

결혼하고 나서 가계부를 쓰기 시작했다. 책 말고는 물건을 사 본 적이 없는데 계속 뭔가 사야 해서, 언제 어디서 무엇을 하고 돈을 얼마나 썼는지 알 수 없어서 적기 시작했다. 가계부도 메모를 한 거지 문장으로 쓰지는 않았다. 가계부 옆에 읽은 책이나 본 영화나 전시를 메모하곤 했는데 한 20년 썼다. 그러다가 인터넷 가계부로 바꾸었는데 그게 사라지자 가계부를 그만 쓰게 되었다.

얼마 전에 책장 정리하다가 맘에 드는 문장이나 구절을 적어둔 노트를 몇 권 발견했다. 연필로 글자를 어찌나 작게 썼는지 맨눈으로 잘 보이지도 않는다. 눈으로 읽기만 해서는 내용을 기억하기가 힘드니까 적었던 것 같은데, 나는 어쩌면 내가 생각하는 나보다 성실했는지도 모르겠다. 컴퓨터를 사용하기 시작하면서부터 노트 사용이 급격하게 줄었다. 요즘은 글을 쓰기 위한 준비 작업 때나 노트를 사용한다. 그림책 서평을 쓸 때, 그림책 화면 정리를 할 때, 떠오르는 생각이나 단어 같은 것들을 두서없이 적을 때 사용하는데, 글을 쓰고 나면 의미 없는 게 된다. 생각의 과정을 적은 것에 불과하기 때문이다.

『문학과 예술의 사회사』를 읽다가 '천재'라는 개념이 르네상스 때 생긴 것을 알게 되었다. 원래 예술가는 공예품 만드는 기술자와 비슷한 대접을 받았다고 한다. 주문을 받고 공방에서 온갖 공예품을 만들었기 때문이다. 문필가는 대개 왕이나 귀족, 또는 사제에게서 나왔기 때문에 대접을 받았다. 글을 아는 사람이 많지 않았기 때문일 것이다. 그런데 중세의 길드를 통해 예술가들은 장인 대우를 받고 차츰 전문 분야가 나뉘게 되었다. 공급에 비해 예술품 수요가 많아지면서 예술가가 협상을 주도하는 위치가 되었고, 이와 함께 '천재' 개념이 나왔다고 한다. 그 대표적인 실례가 미켈란젤로인데, 그는 '신과 같은 사람'으로 숭상을 받았고 자신도 작품에 '미켈란젤로 부오나로티'라고 서명했다고 한다. 예술가가 창조자로 인식되었고, 예술가의 전기가 쓰이고, 예술가의 생각을 보여 주는 습작도 중요한 자료가 되었다고 한다.

시대에 따라 예술이 다르게 취급되고 창작자에 대한 개념도 달라지는 것이다. 소설가 K가 한 말이 생각난다. 예전에는 '잘 썼지만 안 팔리는 작품'이라고 말하기도 했는데, 요즘은 안 팔리면 '작품 못 쓰네.'라고 한단다. 우리는 난숙한 자본주의 시대를 살아가고 있는 것이다. 이런 시대에 목표도 없이 글을 쓴다는 건 어떤 의미일까. 내 시간은 내 것이니까 내 맘대로 쓴다, 이런 걸까. 우리는 너무나 목표 중심적인 삶을 살아왔다. 성과가 없으면 무능하거나 게으른 사람 취급을 했다. 정말 그럴까. 별다른 목표 없이 즐겁게 해 보는 것, 그게 삶의 또 다른 틈새일지도 모르겠다. (2021. 5. 7.)

하느님의 왕국

097

절판된 그림책을 사려고 동네 알라딘 헌책방에 갔다. 5월 말 그림책 모임에서 읽을 그림책인데, 갖고 있어도 좋을 작품 같아서였다. 얼마 전에 검색할 때는 책이 있었는데 어제 갔더니 없었다. 아직 시간이 있어서 늑장을 부렸더니 누군가 그 책을 사 갔나 보다. 인터넷 책방에서 살 수도 있고 도서관에서 빌릴 수도 있기 때문에 큰 문제는 아니었다. 하지만 모처럼 책방에 갔다가 그냥 나오기도 멋쩍어서 이리저리 둘러보다가 『톨스토이와 행복한 하루』(톨스토이 지음, 이항재 옮김, 에디터, 2012)를 샀다.

이 책은 톨스토이가 하루하루 묵상처럼 읽었던 글을 편집한 것이라고 하는데, 윤달인 해까지 쓸 수 있도록 366일치가 실려 있다. 5월 8일, 오늘 읽을 문장은 존 러스킨이 쓴

「하느님의 왕국이 임하시고」라는 기도에 관한 것으로, 꽤 긴 글인데 이렇게 끝난다. "만약 우리가 하느님 왕국의 강림을 원한다면, 우리는 하느님 왕국이 임하라고 기도할 뿐만 아니라 그 왕국이 임할 수 있도록 노력해야 한다." 사실 기도만 하고 아무것도 하지 않는다면 그건 요행을 바라는 것과 그리 다르지 않을 것이다. 기도가 이루어지도록 기도하는 사람이 애쓰고 실천하는 것, 그것이 기도의 진면목이라고 러스킨은 말하고 있는 것이다.

권정생도 똑같은 말을 하고 있다. 『밥데기 죽데기』(권정생, 바오로딸, 1999)를 보면 늑대할머니는 달걀귀신 밥데기와 죽데기가 보리밥을 먹고 눈 똥으로 마법가루를 만들고, 그 가루를 휴전선에 뿌려 휴전선이 무너지게 한다. 그런데 이러한 마법 같은 일 이면에는 남과 북이 하나가 되도록 몇십 년 동안 기도한 남한의 할머니들이 있었다고 권정생은 말한다. 여기서 기도는 '내가 열심히 휴전이 되도록 힘쓸 테니 하느님도 내가 하는 일이 이루어지도록 도와주세요.' 하고 말하는 것이다. 이 작품을 읽고서 나는 부끄러웠다. 나는 기독교인들이 하느님께 하는 기도라는 게, 어린아이가 산타 할아버지에게 선물 달라고 하는 것과 비슷하다고 생각하고 있었다. 권정생이 생각하는 기도는 완전히 달랐다. 하느님께 어떤 기도를 한다는 것은 그 기도가 이루어지도록 내가 힘쓰겠다는 약속이었던 것이다.

『밥데기 죽데기』를 읽고 이런 생각을 했다. 하느님께 드리는 기도라는 건 하느님께 하는 사랑의 맹세 같은 게 아닐까 하고 말이다. 우리는 누군가를 사랑할 때, 사랑한다고 말할 뿐 아니라 상대방이 좋아하고 기뻐할 만한 무엇인가를 하려고 한다. 사랑에는 마음에서 우러난 행동이 따르는 법이다. 권정생에게는 그런 절대적인 사랑의 화신이 어머니였다. 자신이 결핵에 걸려 죽게 되었을 때, 벌레 한 마리도 죽이지 못하던 어머니가 개구리며 뱀이며 몸에 좋다는 것들을 엄청 잡아서 자신에게 먹였다고 한다. 나에게도 넘치는 사랑을 주신 분이 부모님이다. 내가 어떤 일을 하더라도 '너는 잘할 수 있다'며 격려하셨다. 그런 사랑을 받았기 때문에, 허점투성이지만 사람들하고 지낼 때 크게 염려하지 않았다. 어릴 때는 '당신은 사랑받기 위해 태어난 사람'인 줄 알았다. 이제는 내가 받았던 사랑을 남에게 돌려주어야 할 터인데, 방법을 잘 모르겠다. 일단은 내가 행복하게 사는 거겠지. 어머니와 아버지를 생각하는 밤이다. (2021. 5. 8.)

지렁산을 걸으며

098

오늘 지렁산 산길을 걸었다. 지렁산은 높이가 60.3미터인 야트막한 산이다. 100미터도 안 되는 낮은 산이지만 굴곡이 있기 때문에 평지를 걸을 때와는 달리 곧 땀이 났다. 대장천 주변 길은 대체로 평지다. 대장천에 사는 새들도 보고, 생태습지에 핀 꽃도 보고 주변에 있는 과수원이며 논밭을 보며 걷기 때문에 대장천 산책은 지루하지가 않다. 지렁산은 겨울이면 눈 때문에 미끄럽고 위험하다. 봄이나 가을에 걷는 게 좋다. 말이 산이지 지렁산을 걸으면 숲속에 있는 것 같다. 오늘도 아까시나무며 찔레나무, 참나무와 소나무를 많이 보았다. 지렁산은 낮은 산이지만 덕양산과 더불어 선사시대의 유물이 있는 곳이다. 오늘도 길가에 있는 고인돌과 안내판을 보았다.

낮은 산을 공원으로 사용하는 게 요즘의 추세인가 보다. 지렁산에도 여기저기 벤치가 있고 운동기구가 있다. 사람들은 운동기구에 앉아 땀을 흘리다가 다시 걷는다. 혼자서 또는 둘이서 걷는 경우가 많고, 가끔은 벤치에 앉아서 길게 통화하는 사람도 있다. 나도 나무를 보며 심호흡하며 걷다가 재미난 일을 목격했다. 지렁산 입구에서 자전거 탄 소년들 몇 명을 보았다. 소년들은 자전거를 끌고 나무계단을 오르려다가 우리를 보더니 먼저 가라며 양보했다. 뒤따라 오려나 보다 했는데 아무런 기척이 없었다. 나무계단을 오르면 길이 두 갈래로 갈라지기 때문에 다른 길로 갔나 보다 했다. 10분쯤이나 걸었을까, 뒤에서 소년 둘이 자전거를 타고 올라온다. 길을 비켜 주었더니 페달을 밟으며 힘차게 올라간다. 그러더니 둘이서 방향을 돌려 차례로 자전거를 타고 쌩하니 내려간다. 비탈길을 자전거로 올라오는 건 힘들겠지만 자전거를 타고 내려가는 것은 꽤 신나 보였다. 두 소년은 자전거를 타고 오르락내리락 하면서 스릴을 즐기는 것 같았다.

집 가까운 동네 공원에는 아까시나무에 꽃이 피지 않았다. 지렁산이나 지렁산 주변에 있는 아까시나무는 꽃이 피어 있었다. 찔레꽃도 마찬가지다. 동네 공원에서는 아직 찔레꽃이 피지 않았는데 지렁산 주변에는 찔레꽃이 많이 피어 있었다. 일조량이 달라서 그런가 보다. 지렁산을 내려와 논밭 길을 걸었다. 밭에는 온갖 채소들이 초록으로 탐스럽게 자라고 있었다. 오늘은 날씨가 맑았다. 하늘이 어찌나 파란지 하늘만 보고 걸어도 기분이 좋았다. 지렁산을 내려와 논밭 길을 걸을 때는 사람이 거의 없었다. 마스크를 내리고 심호흡하며 걸었다. 가끔 밭에서 일하는 농부가 있기도 했지만 일요일이라 그런지 많지 않았다. 복숭아밭도 지났는데 복숭아가 어찌나 많이 달렸는지 가지가 휠 것 같았다. 아무래도 열매를 솎아 내야 할 것 같았다.

성사천 옆에 포도나무가 줄지어 있는 곳도 있었다. 포도나무는 줄기가 그리 튼튼하지 않은데다가 포도넝쿨이 뭔가 의지하며 번어 가기 때문에 철재 빔으로 버팀 구조를 만들어 놓았다. 인생을 책으로 익힌 내가 하루 1만 보씩 걷는 바람에 눈으로 보는 게 많아졌다. 그래 봤자 슬쩍 보고 지나쳐 가는 거지만 말이다. 성사천 옆에 크고도 늠름한 느티나무가 있다. 겨울에는 나무가 하늘을 향해 팔을 벌리고 서 있는 것 같더니, 오늘은 초록 이파리들이 바람에 살랑살랑 흔들리는 게 하늘에 대고 속살대는 것 같다. 아름다운 풍경들이 내게 스며들어 오래도록 남아 있었으면 좋겠다. (2021. 5. 9.)

셋이서 수다방

099

평소처럼 대장천 주변과 생태습지를 걷다가 도촌천으로 가 보기로 했다. 예전에는 고양시 여기저기를 탐험하듯이 걸어다녔다. 그러다가 언제부터인가 주로 대장천 주변과 지렁동 주변을 걷게 되었다. 길도 평탄하고 볼거리도 많아 걷기에 좋았던 것 같다.

도촌천 가는 길에는 수자원센터가 있다. 고양시와 파주시의 식수를 공급하는 곳인데 철책이 이중으로 되어 있다. 그만큼 중요한 시설인 것이리라. 외부 사람은 절대 들어가지 못하지만 이중 철책 사이로 초록 풀이 빽빽하게 나 있다. 흙이 조금이라도 있으면 풀들은 기회를 놓치지 않고 쑥쑥 자란다. 이중 철책 사이에 난 소복한 풀들을 보며 감탄하고 있는데 어디선가 시커멓고 덩치 큰 개가 나타났다. 보기만 해도 겁이 더럭 났다. "저렇게 큰 개를 그냥 풀어 놓으면 안 되는 거 아니야?" 그러는 사이에 개는 어슬렁어슬렁 걸어서 수자원센터 문 안으로 들어갔다.

놀랐던 가슴을 쓸어내리며 도촌천 쪽으로 걸어갔다. 길가에 찔레꽃 넝쿨이 우거져 있고, 여기저기에 아까시꽃도 피어 있다. 찔레꽃은 하얗다고 생각하고 있었는데, 분홍빛을 띤 봉오리도 있었다. 찔레꽃 향기 때문일까. 찔레꽃 사이로 벌들이 붕붕 소리를 내며 날아다녔다. 조금 더 걸어가니 나뭇가지가 늘어진 아까시나무가 있다. 꽃이 잔뜩 피어 나뭇가지가 아래도 늘어진 것이다. 아까시꽃도 향기가 좋다. 눈앞에 늘어져 있는 아까시 꽃송이를 보고 있는데 전화가 왔다. 친구가 화정에 놀러 왔다는 것이다. 지금 발걸음을 돌려도 화정까지 가려면 한 시간 가까이 걸린다. 도촌천에 갔다가 버스를 타고 돌아오려고 했는데 계획을 바꾸기로 했다. 다음에 도촌천에 가기로 하고 그만 돌아가기로 했다.

화정에 사는 또 다른 친구하고 셋이서 뚜레주르 빵집에서 만났다. 여기는 데크가 있어서 밖에 앉아 차를 마실 수가 있기 때문이다. 셋이 만나면 늘 가곤 했던 찻집 paul이 없어지는 바람에 빵집에서 대신 만났다. 올해는 둘씩 만난 적은 있지만 셋이 함께 만난 건 오늘이 처음이다. 그동안 한 친구는 반려식물에 관심을 갖게 되어 분갈이하는 재미에 빠져 있었다. 또 다른 친구는 우리 중에 가장 먼저 식물에 관심을 가졌던 친구인데, 집에 있는 방 세 개 중에 한 방이 완전히 식물원이다. 언젠가 나한테도 아이비를 분재해서 컵에 담아 주었는데, 내가 제대로 돌보지 못해 그만 죽었다. 오랜만에 만나니 할 말이 많다. 결국 셋이서 이야기하다가 저녁도 같이 먹고 커피도 한 잔 더 마셨다. 커피집에서 10시면 문을 닫는다고 해서 그때 일어났다. 셋이서 놀다 보니 다섯 시간이 훅 지나갔다. (2021. 5. 10.)

100일과 수수팔떡

100

오늘은 '매일 써 보자'를 시작한 지 100일째 되는 날이다. 매일 써 보는 게 목표였지 무엇을 꼭 써 보자는 게 없었기 때문에 이것저것 썼다. 그래도 꾸준히 100일 동안 쓴 것을 스스로 축하하는 마음이다.

아이가 태어난 지 100일이 되는 날, 무사히 자란 것을 기념하는 백일에 수수팔떡을 해 먹는 게 생각나서 인터넷을 뒤져 보았다. 수수팔떡은 수수가루와 찹쌀가루 반죽한 것에 팔고물을 묻혀 찌는데, 백일뿐 아니라 돌과 생일에도 먹는다고 한다. 수수는 알곡이 익으면 붉은색이 되고, 한 이삭에 1,500개에서 4,000개까지 많은 낟알이 달리고, 키가 1.5미터에서 3미터에 이르는 볏과 식물이다. 수수의 붉은색은 팔의 붉은색과 더불어 나쁜 기운을 물리쳐 준다고 믿었다. 수수는 낟알이 많기 때문에 자손의 번창을 기원하는 의미였고, 다른 식물보다 키가 커서 우러러봐야 하니까 그처럼 남이 우러러보는 인물이 되라는 염원을 담아 수수팥떡을 빚어서 백일에 백 명의 사람과 나누어 먹었다.

수수는 볏과 식물 중에 가장 수확이 빨라서 심은 지 80일이면 수확한다. 예전에는 수수팥떡이나 수수부꾸미를 주로 해 먹었는데, 요즘은 수수가 맛이 구수한데다 암을 예방하고 혈당을 조절하며 항산화에 좋은 성분이 있다는 게 알려져서 밥에 많이 두어 먹는다. 또한 밀, 벼, 옥수수에 이어 세계에서 네 번째로 중요한 곡식 작물이다. 수수는 술을 빚는 데도 사용되는데, 수수 술이 바로 고량주이다. 중국이 자랑하는 술인 빠이주, 그게 바로 고량주인 것이다. 고량주를 생각하다 보니 장이머우의 영화 「붉은 수수밭」이 떠오른다. 어여쁜 처녀 추알(공리 역)이 가난 때문에 나귀 한 마리에 팔려 50이 넘도록 장가를 못 가는 양조장 주인 리서방에게 팔려 가는 이야기이다. 중국에서도 김동인의 「감자」에서와 같은 일이 일어나곤 했던 것이다.

밭에서 자라는 심겨져 있는 수수는 최근에 보았다. 자주 걷곤 하는 대장천 주변, 어느 밭 가장자리에서 수수며 옥수수를 볼 수 있었다. 처음에는 키가 큰 식물에 뭔가 수북하게 달려 있어 저게 뭔가 했다. 나보다는 식물에 해박한 K가 수수라고 알려 줘서 수수가 저렇게 생겼구나 했다. 어렸을 때 처음 수수를 접한 것은 수수팔떡이지만, 자주 접했던 것은 수수깡이나 수수 빗자루였다. 수수깡은 수숫대를 자른 것인데 안경이며 자전거 같은 장난감을 만들어 놀았다. 마당을 쓸 때는 싸릿대로 만든 비를 사용했지만, 방을 쓸 때는 주로 수수 빗자루를 사용했다. 자료를 찾아보니 수수도 여러 종류가 있었다. 알곡용 수수, 당분용 수수, 목초용 수수, 빗자루용 수수 등 네 가지가 있었다.

100일 동안 계속해서 뭔가를 쓴 오늘을 기념하여 수수팔떡이라도 먹고 싶지만, 요즘은 수수팔떡 보기가 힘들다. 동네 떡집에서 수수팔떡은 보지 못한 것 같다. 수수부꾸미도 보기 힘든데, 작년에 어떤 만두 가게에서 수수부꾸미를 팔기에 사 가지고 와서 두 번인가 나누어 먹은 적이 있다. 시골 친구가 한 달에 두 번 보내는 꾸러미에 가끔 수수를 보낸다. 내일은 오랜만에 수수 넣은 밥이라도 해 먹어야겠다. (2021. 5. 11.)

나가는 말

말과 글을 다루는 게 나의 일이다. 그러다 보니 부담 없이 글을 쓰기가 쉽지 않았다. 그런데 '100일 동안 매일' 일기를 쓰다 보니, 글쓰기에 대한 부담이 없어졌다. 누구를 위해 쓰는 글도 아니고, 무엇을 위해 쓰는 글도 아니었기 때문이다. 그저 하루에 한 번, 책상에 앉아 일정한 양을 쓰는 게 유일한 목표였다. 어떤 단어 하나로 시작했는데, 꼬리에 꼬리를 물고 늘어나 글이 꽤 길어질 때도 있다. 쓰다 보면, 까맣게 잊고 있던 일이 생각나기도 한다. 글이 글을 낳기 때문이다. 친구들끼리 만나 얘기하며 노는 것을 말놀이라고 할 수 있다. 그렇다면, 이 글은 글 놀이다. 지금의 내가 조금 전의 나를 만나 노는 기분으로 쓴 글이기 때문이다. 그런 마음으로 쓰니까 계속 쓸 수 있었다. 마음 가는 대로 쓰다가, 좀 더 정교한 글 놀이를 하게 된다면, 그게 이야기도 되고, 시도 되지 않을까. 언젠가 그런 날이 오기를 기대해 본다.

엄혜숙의 산책 일기

100일 동안 매일

엄혜숙 지음

초판 1쇄 2021년 11월 29일

펴낸이 · 이민 · 유정미
편집 · 최미라
디자인 · 피크픽

펴낸곳 · 이유출판
출판등록 · 제25100-2019-000011호
주소 · 34860 대전시 중구 중앙로59번길 81, 2층
전화 · 070-4200-1118
팩스 · 070-4170-4170
전자우편 · iubooks11@naver.com
홈페이지 · www.iubooks.com
페이스북 · @iubooks11
정가 · 15,000원

ISBN 979-11-89534-23-3